LES PLUS BELLES HISTOIRES DE NOËL

FLEURUS

Illustration de couverture : Marie Vanderbemden

Direction : Guillaume Arnaud
Direction éditoriale : Sarah Malherbe
Édition : Camille Icole, Astrid de Moussac
Direction artistique : Elisabeth Hebert, assistée d'Ariane Bienaymé
Conception graphique : Romain Blatter, Mathilde Dufau
Mise en page : Cromatik
Direction de la fabrication : Thierry Dubus
Fabrication : Marie Dubourg

Site : www.fleuruseditions.com
ISBN : 9782215163893
MDS : FS63893

LES PLUS BELLES

Histoires de NOËL

FLEURUS

Choisis l'histoire que tu as envie de lire !

Les J.O. des pères Noël

Chaque année, quand les ateliers ont été nettoyés et que les lutins sont partis en congés payés, les pères Noël du monde entier disent qu'ils prennent des vacances, mais, en fait, ils se retrouvent au pôle Nord, dans un lieu tenu absolument secret. Alors, peuvent commencer leurs jeux Olympiques…Imaginez, sur la banquise, des dizaines de pères Noël qui s'affrontent. Bien sûr, ce n'est pas très pratique pour les reconnaître, puisqu'ils ont tous la même tenue rouge et le même bonnet pointu à pompon !

Leurs épreuves sont également un peu spéciales :
il faut faire voler un traîneau sans que personne n'entende les grelots ;
ou bien, il faut trouver dans une hotte, les yeux bandés, le train électrique
pour le petit Éric, de Jamaïque. Cette année, les arbitres
ont même ajouté des difficultés : comment reconnaître
deux jeux vidéo enveloppés, sans ouvrir les paquets ?
Comment glisser une cage à lapins dans un
chausson pointure 21 ? Et comment entrer
dans un immeuble qui n'a pas de cheminée ?
Évidemment, chacun a sa spécialité…
Les pères Noël d'Australie et d'Argentine
sont les éternels médaillés des courses de
traîneaux sur le sable : chez eux, Noël
survient en plein été.
Celui de New York peut descendre plus
de trois cents étages dans un conduit, sans
se coincer, depuis le sommet des gratte-ciel.
L'Indien et le Chinois arrivent à tasser un milliard
de paquets dans leurs hottes.
Le père Noël d'Amazonie est le champion de la course d'orientation.

Mais, aux yeux de tous, il y a une épreuve plus importante que celles-là :
c'est le concours de la Liste d'or. Le vainqueur de cette compétition sera un héros.
Mais, pour gagner, il faut reconnaître, du premier coup d'œil, les lettres des
enfants méritants et celles des sacripants. Le champion doit deviner, rien qu'en les
lisant, si les lettres des enfants sont celles de vrais anges ou de terribles diables…
Et il faut un sacré talent pour distinguer ceux qui racontent la vérité
et ceux qui ne méritent rien dans leurs chaussons !
Eh bien, mes amis, j'ai une mauvaise nouvelle à vous annoncer.
Une très, très mauvaise nouvelle…
Cette année, celui qui a remporté la médaille d'or
de la Liste d'or, c'est… le Français.
Oui, vous avez bien lu, c'est le nôtre, notre père Noël.
Alors, si vous lui écrivez et si vous vous apprêtez à
lui raconter des calembredaines sur vos bêtises
de cette année, faites très attention…
Réfléchissez : est-ce que vous pensez pouvoir
battre un champion olympique ?

La grande nuit des lutins

Au pays des lutins d'en haut, tout là-haut, dans les nuages, on s'agite, on se bouscule ! Cette nuit, les lutins d'en haut s'apprêtent à envoyer leurs cartes de vœux aux lutins d'en bas. Chacun à leur tour, ils détachent un petit morceau de nuage et, tout doucement, lui chuchotent un message de paix destiné à leurs frères de la Terre.

« Joyeux Noël et que l'année soit douce, murmure Bouboule, le lutin joufflu.

— Paix et amour », susurre Fil de Fer, le lutin maigrelet.

Dame Lune, ronde pour l'occasion, surveille les opérations.

« Préparez-vous, dit-elle, plus qu'une minute avant minuit ! »

Tout là-haut dans le ciel, des milliers de lutins s'assoient tout autour des nuages, gardant précieusement dans le creux de leurs petites mains leur minuscule morceau de nuage.

Tout à coup, Dame Lune lance le signal de départ : « Un, deux, trois, soufflez ! »

Les lutins, les joues gonflées comme de petites billes, s'époumonent et envoient tous ensemble leur morceau de nuage-carte de vœux en direction de la Terre.
C'est la plus belle averse de neige de l'année, éclairée par Dame Lune. En bas, les lutins de la Terre sortent de leurs cachettes. Vêtus des rayons de la lune, chaussés de bottes de cristal, nul ne saurait distinguer les lutins d'en bas sur la neige. Pourtant, ils sont des milliers à récolter leurs cartes de vœux dans leurs petites mains.
Ils les approchent du creux de leurs minuscules oreilles et écoutent le message des flocons.
« Youpi, Bouboule me souhaite un merveilleux Noël, déclare Berlingot.
– Et moi, Fil de Fer m'envoie paix et amour », ajoute Baudet.

Chaque lutin a droit à son petit flocon-carte de vœux.
Quand ils ont tous terminé leur lecture,
ils forment une grande ronde en
chantant leur ritournelle :
« Nous sommes les lutins
d'en bas, êtres de lune et
de cristal, après les cartes
de vœux, nous pouvons
ouvrir le bal ! »

Toute la nuit, les lutins
d'en bas dansent et
tournoient sur la neige.
Du haut de leurs
nuages, les lutins d'en
haut, qui ont la vue perçante, leur adressent de grands signes.
Mais les lutins d'en bas ne les voient pas !
Bouboule gesticule tant et tant qu'il manque tomber dans le ciel.
Heureusement, Dame Lune le rattrape par la peau du dos.
« Eh bien, Bouboule, sourit Dame Lune, tu te prends
pour un flocon-carte de vœux ! »
Dame Lune lui adresse alors un clin d'œil qui, durant
quelques instants, plonge les lutins d'en bas dans le noir.
« Il est temps d'aller nous coucher », déclarent-ils, et tous
les lutins se précipitent dans leurs cachettes.

L'éléphant qui rêvait d'un Noël blanc

Entre la forêt polaire et la savane africaine, le courrier est plutôt lent. C'est pourquoi Oumarou, l'éléphanteau du Niger et son copain Nanok, le caribou de Laponie, préfèrent s'écrire des mails.

Ce matin, Oumarou a reçu un message de Nanok !

« Salut pachyderme,

Je te souhaite un joyeux Noël. J'espère que tu ne meurs pas de chaud sous tes tropiques. Ici, les sapins croulent sous la neige : c'est magique. Un vrai décor de Noël !

Je te serre affectueusement la trompe, Nanok »

Oumarou regarde longuement sa chère savane. Soudain, il se met à barrir : « Pas de neige, pas de vrai Noël !

— Voyons Oumarou, dit papa, regarde autour de toi ! Vois ces girafes, ces flamants roses, ce ciel bleu, ces prairies d'herbe haute. Il n'y a pas de quoi être jaloux de Nanok. Notre pays est magnifique ! »

Oumarou trépigne : « Oui, mais je veux voir les girafes sous la neige ! »

Au bruit que fait Oumarou, son petit frère Sembo, qui faisait la sieste sous un baobab géant, se réveille et accourt. « Oumarou a raison ! Moi aussi, je veux voir les flamants roses faire du patinage artistique sur le fleuve gelé !
— Les singes joueraient au toboggan sur les lianes givrées, ajoute Oumarou.
— Et les lions ne pourraient plus manger les gazelles, parce qu'ils déraperaient sur les plaques de verglas en leur courant après ! » rêve Sembo qui a toujours eu le cœur sensible.
Oumarou continue : « Nous les éléphants, on ferait des concours avec nos cousins les hippopotames. Celui qui s'enfoncerait le moins dans la poudreuse gagnerait ! »

Sembo éclate de rire : « Ce serait sûrement moi le vainqueur, puisque je ne pèse que cinq cents kilos ! Qu'est-ce que je gagnerais, dis ? »
Oumarou se gratte les défenses… « Tout le feuillage d'un grand bananier à déguster pour le repas de Noël. »
Maman éléphant hoche la trompe en souriant : « Sous la neige, mes enfants, les arbres n'ont pas de feuilles ! Vous ne trouveriez que du sapin à manger : ça pique un peu la langue !
— Ooh… fait Sembo. Tu veux dire qu'il faut choisir entre un Noël blanc et un Noël gourmand ?
— Exactement, répond maman.
— Eh bien, moi, je préfère mon festin habituel de feuilles de bananiers, et tant pis pour le ski ! décide Oumarou.
— Pareil pour moi », ajoute Sembo qui est toujours du même avis que son grand frère chéri.

Les petits pains de saint Nicolas

Peu avant Noël, en Alsace, saint Nicolas allait toujours faire un tour du côté de l'usine à pain d'épices du petit village de Miam. C'est là que l'on fabriquait les gâteaux de Noël qu'il distribuait aux enfants. Saint Nicolas se rendait à l'usine de Miam pour surveiller la production des pains d'épices mais également – et surtout ! – pour en croquer un ou deux.
Car saint Nicolas était un gourmand.

Or une année, en regardant la gigantesque malaxeuse qui mélangeait la pâte à pain d'épices, saint Nicolas eut soudain envie de goûter à l'appétissante mixture qui tournait sous ses yeux. Profitant de ce que le lutin qui l'accompagnait pour faire la visite ne le regardait pas, il se pencha vers la cuve, le doigt tendu, pour tenter d'en attraper un peu. Il se pencha, se pencha, se pencha en avant...
et disparut !

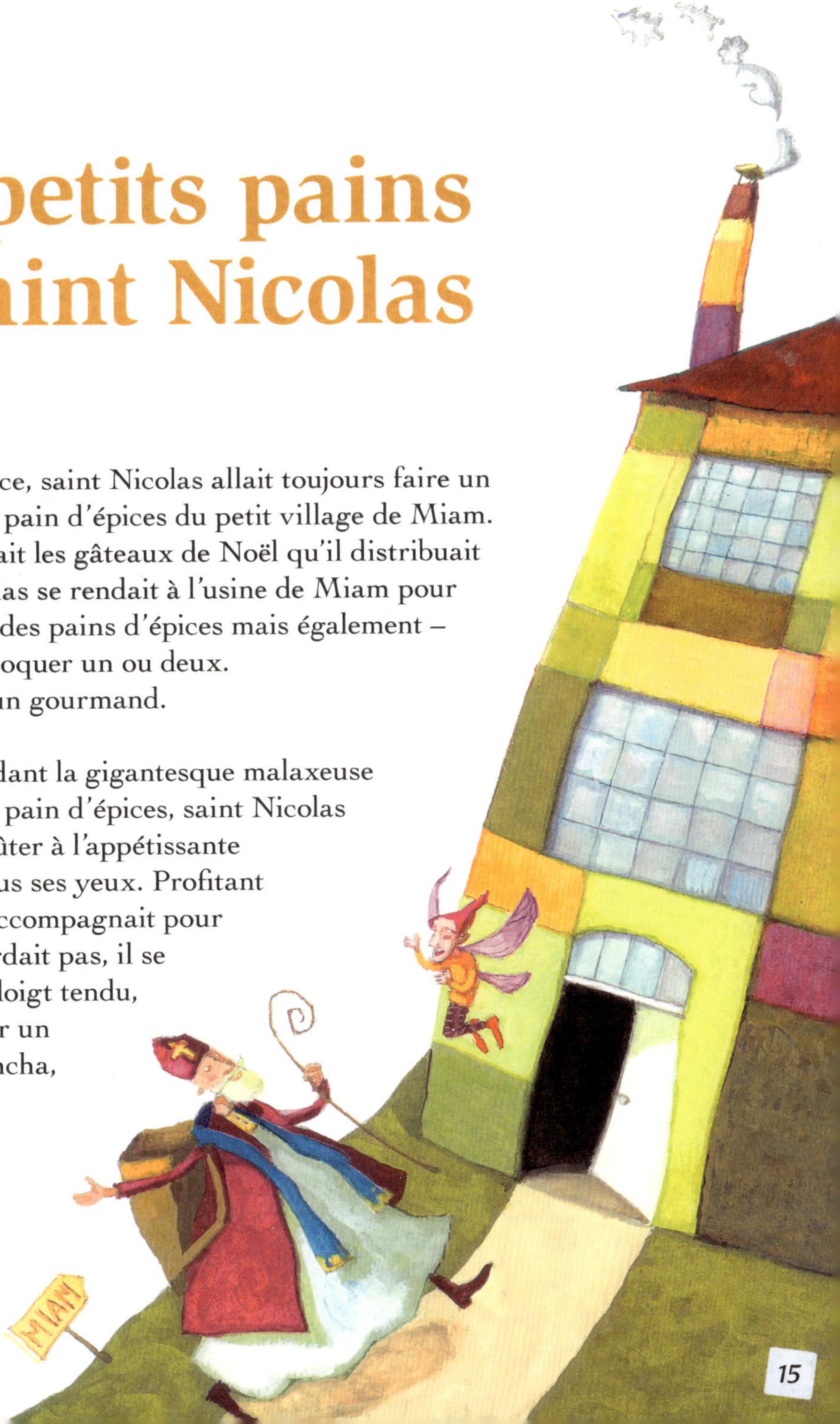

Lorsque le lutin se retourna, saint Nicolas n'était plus avec lui. Il chercha sous les machines, entre les machines, dans les machines... Il n'était nulle part !

« Aïe ! Aïe ! Aïe ! J'ai perdu saint Nicolas ! se lamenta-t-il. Pourvu qu'il ne lui soit rien arrivé ! »

C'est alors que les machines de l'usine se mirent à clignoter comme des guirlandes. Peu après, les moteurs commencèrent à ronronner comme s'ils fredonnaient des chants de Noël. Les pistons claquèrent de plus belle, la malaxeuse accéléra d'un seul coup. Toute l'usine fumait et crachait sur des airs de Noël.

Paniqué, le lutin courait dans tous les sens pour tenter d'arrêter ce tintamarre.

Et puis, soudain, ce fut le silence. Les machines s'arrêtèrent à l'exception du tapis roulant sur lequel arrivaient d'ordinaire les sujets en pain d'épices.

En s'approchant, le lutin ouvrit de grands yeux étonnés.

« Oh ! là, là ! se lamenta-t-il. La machine a transformé saint Nicolas en gâteau ! »

En effet, des milliers de petits saint Nicolas en pain d'épices défilaient sur le tapis.

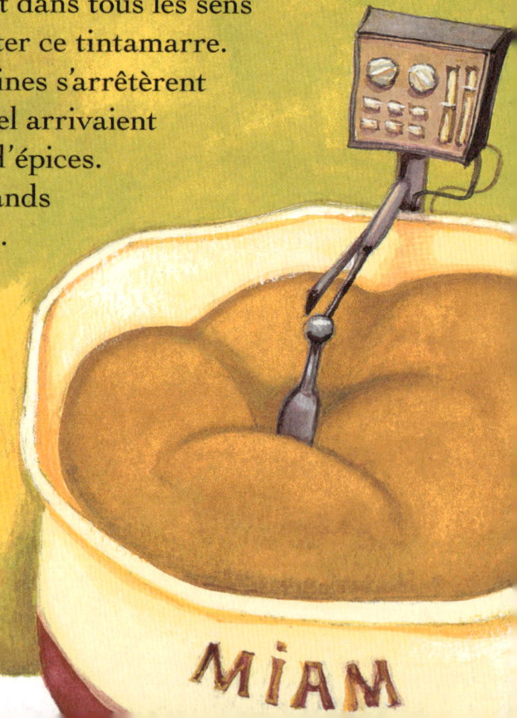

« Qu'en penses-tu ? » dit une grosse voix dans le dos du lutin. Le petit bonhomme se retourna et tomba nez à nez avec… saint Nicolas ! Il souriait de toutes ses dents, un petit bout de pâte à pain d'épices accroché dans sa barbe. « J'ai trouvé que j'avais une tête à croquer ! dit-il en riant. Tu n'es pas d'accord ? Ça méritait bien un petit miracle ! » ajouta-t-il. En disant cela, saint Nicolas attrapa l'un de ses portraits en pain d'épices et croqua dedans. « Mmm ! Délicieux ! Les enfants seront ravis. »

Depuis ce jour, tous les enfants d'Alsace trouvent dans leurs chaussures, un petit saint Nicolas… en pain d'épices.

Petit sapin deviendra roi

Autrefois, à Noël, les enfants laissaient leurs souliers n'importe où : sous leur lit, près de la porte, au pied de la cheminée… Le père Noël ne savait jamais où déposer ses cadeaux. Il tâtonnait dans le noir à la recherche des souliers et se cognait aux meubles. Un jour, il décida que tout le monde aurait désormais un arbre de Noël et poserait ses souliers dessous. Et il organisa un concours pour désigner celui qui aurait l'honneur de devenir « l'arbre de Noël ».

Dès le printemps, le père Noël se mit en route pour passer en revue les candidats. Tous voulaient se présenter sous leur meilleur jour.

En Europe, les chênes, les bouleaux, les platanes se couvrirent de feuilles tendres et vertes : « Regardez, père Noël, comme nous sommes beaux et majestueux !
— Mouais… sauf qu'à Noël, vous aurez perdu toutes vos feuilles et vous aurez l'air de vieux squelettes ! »
En Afrique, le père Noël tomba sur le baobab : « C'est moi ton arbre, papa Noël, car je suis le plus gros du monde !
— C'est bien là le problème : comment veux-tu entrer dans les maisons ? »
En Amérique, le père Noël rencontra le séquoia : « Trop grand ! » Au Japon, le bonsaï : « Trop petit ! » Dans les îles, le palmier : « Difficile à décorer ! »
L'hiver venu, le père Noël finit par rentrer chez lui bredouille.

Fatigué par son voyage, il rata l'atterrissage de son traîneau qui fit des cahots dans la neige. « Aïe ! Ouille ! Attention, il y a quelqu'un dessous ! résonna une petite voix étouffée.

— Qui a parlé ? s'étonna le père Noël.

— Moi, le sapin ! » lui répondit un minuscule arbre couvert de neige.

Le père Noël se rapprocha : « Oh, petit sapin, tu es si discret que je t'avais oublié. Pourquoi n'as-tu pas participé au concours de l'arbre de Noël ?

— Je suis trop petit, trop piquant et trop banal pour avoir cet honneur ! » soupira le sapin en frémissant de toutes ses aiguilles.

La neige qui le recouvrait s'éparpilla alors sur le sol. Et dans son manteau vert, des cristaux de givre se mirent à briller comme une guirlande d'étoiles.

Émerveillé, le père Noël se pencha sur le sapin et huma sa douce odeur de résine.

« J'ai fait le tour du monde, mais ce que je cherchais était caché devant ma porte ! dit-il en éclatant de son bon gros rire. Désormais, je te le promets, à Noël ce sera toi le roi des forêts et de toutes les maisons ! »

Le distrait et les santons

La lueur de la lampe vacille et tremble. La nuit est tombée, les flocons continuent de voleter dehors. Robert sculpte rapidement, il a sommeil. Cela fait des années qu'il travaille à fabriquer et vendre des crèches.

Il a des dizaines de santons, et il ne leur reste plus qu'à rejoindre une maison chaude, pour fêter Noël en famille. Mais pour l'instant, ils grelottent dans le froid et la pénombre de l'atelier. Robert est pressé, vite, vite. Ses doigts et ses outils connaissent le travail. Ça coupe, ça lime, ça rabote.

Le sculpteur ne regarde même plus, il sifflote, perdu dans ses souvenirs : il se souvient de la première crèche qu'il a déballée, enfant.

Il regarde l'horloge, se lève… Demain, il peindra la vingtaine de santons qu'il vient d'achever. Il sort.

Dans le noir de l'atelier, les santons se secouent, ils ont des crampes à force de faire semblant d'être figés. Sur l'établi, les derniers personnages sculpté, se plaignent.

« Bêêêê, il a oublié de me faire une queue. Il travaille trop vite… » gémit le mouton.

Un berger le rassure : « Bah, ce soir, il était distrait. Demain, il s'apercevra de son erreur, au moment de te peindre, et il te rattrapera. Tu seras prêt pour accueillir l'enfant… Mais moi, il ne remarquera pas qu'il m'a fait l'air triste. Alors, je resterai ainsi, même devant les cadeaux. »

Joseph l'interpelle de sa belle voix grave : « Ne te plains pas. Moi, il m'a collé un sourire stupide aux lèvres…

— Meuuuh, meugle le bœuf.

— Robert lui a sculpté un pis, explique l'âne. Il ne veut pas être pris pour une vache. Il faut faire quelque chose… »

Alors, les santons se secouent.

Ils n'ont que quelques heures avant de rejoindre les étals des marchands, puis de trouver une maison.
L'atelier s'emplit de vacarme. La scie, les ciseaux et la lime travaillent… Le matin, Robert prend ses couleurs, ses pinceaux, son vernis. Pressé par sa commande, il ne remarque rien…
Trois jours plus tard, dans la maison où ils se sont retrouvés, les santons rescapés en rient encore… À la lueur des guirlandes électriques, il faut vraiment les regarder de près pour comprendre. On s'aperçoit alors que la queue du mouton ressemble à une oreille d'âne. Elle est où la queue du mouton ? Sur la tête de l'âne ! Joseph, le père de Jésus, a bien l'air un peu grave, mais cela va bien à sa situation, et le berger qui sourit tout le temps, au milieu des brebis, personne ne lui trouve l'air bête : ils ont échangé leurs visages ! Quant au pis du vieux bœuf, il a complètement disparu… À moins que ce ne soit cela, ce nouveau bonnet avec trois pompons sur le crâne de l'Arlésienne…

Le régime du père Noël

« Aïe, aïe, aïe, c'est de pis en pis ! » Le lutin Adrien secoue la tête, catastrophé. Le père Noël vient d'enfiler son costume d'hiver… Et il est encore obligé de desserrer un cran de sa ceinture en cuir, parce qu'il a abusé toute l'année des bûches au café et du saumon fumé… « Bon sang de déprime, il faut que je fasse un régime ! »

Le lendemain, il se met à la diète : il ronge une triste biscotte le matin ; il gobe un pauvre œuf poché le midi ;

et il avale une malheureuse soupe le soir, avant de se mettre au lit… Pauvre père Noël ! Toute la nuit, il rêve de chapons dorés poursuivis par des pommes de terre sautées !
Il croit qu'il nage dans la crème glacée !
Et à son réveil, il se précipite sur le réfrigérateur, en rugissant comme un ours polaire. Mais il a beau le secouer en tous sens, la porte refuse de s'ouvrir : une grosse chaîne bloque la poignée ;
et c'est Adrien qui a les clés…
Privé de bombance, le père Noël maigrit, maigrit. Chaque jour, il gagne un cran de ceinture…
Mais moins il pèse de kilos, moins il est rigolo.
Il ne chante plus faux en réparant son traîneau ; il ne se déguise plus en renne pour faire rire le troupeau ; il ne cache plus les outils des lutins dans leurs traversins.

Au bout d'une semaine, toute la maisonnée est triste et découragée.
À la cantine, le midi, tout le monde a perdu l'appétit. Dans l'atelier des jouets, on entend les mouches polaires voler et les estomacs gargouiller.
Alors, Adrien décide de prendre les choses en main. Le lutin dresse sur la grande table du salon une belle nappe blanche. Il fait rôtir dans ses fourneaux de gros sangliers des neiges et prépare ses fameux gâteaux aux raisins secs.
Ce soir-là, tout le monde se retrouve autour du festin. On mange, on boit.
Pour la première fois depuis des jours, on entend des chants, des rires…
Et à dix heures cinq exactement, BLAAAAM, la ceinture du père Noël explose en mille morceaux. Le gros bonhomme regarde ses amis, mi-navré, mi-amusé, en retenant son pantalon…
« Bon sang de marmotte, va falloir remanger des biscottes ! »

Un cadeau original

Justin était un adorable petit garçon qui avait un seul défaut : il chantait très faux. La pluie se mettait à tomber dès qu'il entonnait le moindre refrain !

Ce matin de décembre, la maîtresse voulait apprendre à sa classe un chant sur le père Noël. Très flatté que l'on chante en son honneur, le père Noël s'était assis au-dessus de l'école sur un nuage confortable, pour profiter du concert.

Un sourire éclairait à l'avance sa barbe soyeuse.

La maîtresse donna le signal du départ. Aux premières notes, le père Noël sentit ses oreilles vibrer. Le nuage qui lui servait de fauteuil creva dans une grosse averse. Pour ne pas tomber, le père Noël dut se retenir à une corde de pluie !

Dans la classe, la maîtresse se mit à rire. Elle savait bien qui provoquait cette tempête.

Elle dit : « Mon petit Justin, il va falloir que tu laisses les autres chanter… »
Justin obéit de bon cœur et le chant recommença.
Cette fois, la musique monta harmonieusement jusqu'au père Noël.
Mais celui-ci était triste. Il n'aimait pas savoir Justin à l'écart !
Il eut soudain une idée : « Je vais faire un cadeau original à ce petit bonhomme. Je vais réparer ses cordes vocales ! »
Pendant ce temps-là, Justin regardait distraitement la partition du chant. En bas de la page, le père Noël était dessiné sur son traîneau. Et voici que l'image s'anima : le père Noël s'était glissé dans le dessin !
Il fit signe à Justin de prendre place sur son traîneau.
Occupés à chanter, les autres élèves n'avaient rien remarqué.
Ravi, Justin sauta sur le banc de bois et les rennes partirent au galop. Le traîneau s'éleva dans les airs, fit des loopings extraordinaires.
Justin riait à gorge déployée. Discrètement, le père Noël appela son lutin musicien, celui qui était toujours à bord du traîneau pour accorder le tintement des grelots. Le lutin se glissa dans la gorge déployée de Justin et régla facilement ses cordes vocales !

Le travail terminé, le père Noël se fit transparent pour atterrir de nouveau sur la partition. Justin se retrouva donc dans la classe comme si de rien n'était. Sous l'effet du tournis, il se mit à chanter seul alors que tout le monde s'était tu… et sa voix s'éleva, pure comme du cristal !
À la fin du chant, la maîtresse murmura : « Je ne comprends rien à ce qui vient de se passer, Justin… mais je n'ai jamais entendu une voix aussi parfaite. »
Le père Noël, qui avait repris place sur son nuage pour écouter la fin du chant, hocha la tête d'un air heureux.

Le Noël du maharadjah

Il était une fois, en Inde, un maharadjah qui était si riche qu'il n'avait besoin de rien, car il avait déjà tout. Son palais était somptueux, ses épouses couvertes de robes et de bijoux, ses serviteurs habillés eux-mêmes comme des princes.

Il envoya donc sa lettre au père Noël en lui écrivant : « Père Noël, cette année, passez votre chemin, je n'ai besoin de rien. »

Le père Noël, en recevant cette lettre, entra dans une grande colère : « Comment ça ? Un homme se passe ainsi de mes services ! Pour qui se prend-il ? Me traiter ainsi, moi, le père Noël ! »

Puis il se radoucit et dit à ses lutins :

« Cet homme doit être très malheureux pour ne plus rien désirer au monde. Il faut que nous lui prouvions qu'il a tort et que nous trouvions cette petite chose dont il a un grand besoin sans le savoir. »

Le père Noël dirigea son télescope super-puissant vers le palais du maharadjah et l'observa minutieusement. « Des vêtements ? Non, je vois au moins dix armoires et vingt penderies, toutes pleines à craquer !
Un objet de décoration ? Non ! Il a des bibelots partout, des éléphants en ivoire, des bouddhas en bronze… Ah, je sais, sa cuisine, il doit lui manquer des ustensiles dans sa cuisine, j'en suis sûr. Cent casseroles, dix services en porcelaine, douze jeux de couverts en argenterie, bon… Ça y est, je sais ! Un appareil à raclette ? Ça, je suis sûr qu'il n'en a pas ! Non, ce n'est pas possible, j'en vois un dans le coin là-bas et en or en plus ! Mince alors ! C'était pourtant une bonne idée ! »
Le père Noël passa encore deux journées derrière son télescope à scruter chaque coin du palais à la recherche de l'objet qui pourrait y manquer. Mais rien n'y fit : le maharadjah avait tout, absolument tout.
Le père Noël était découragé : « Il a raison le bougre, il a tout, je n'ai rien à lui offrir ! »

La mère Noël, qui passait par là, entendit la plainte de son mari : « Mon doux, avez-vous pensé à quelque chose que ce maharadjah aurait eu et qu'il aurait perdu : un vieil objet, par exemple.

— Mais bon sang, mais c'est bien sûr ! La cabane à doudous ! Merci ma douce, sans vous, je serais comme un renne sans ses bois ! »

Et le père Noël courut à toutes jambes jusqu'à la cabane à doudous : c'est là qu'il stockait tous les doudous égarés que les gens lui envoyaient quand ils les trouvaient. Il farfouilla, farfouilla, et finit par trouver un vieil éléphant tout râpé avec une étiquette : « doudou du maharadjah ».

Le matin de Noël, le maharadjah fut fort surpris de trouver dans son immense cheminée un paquet à son nom. Il l'ouvrit et quand il aperçut Fanja, le doudou-éléphant de son enfance, son cœur fut transporté de joie.

« Tu avais raison, père Noël, il me manquait bien quelque chose ! »

Noël au fond des océans

Ondeline, la petite sirène, aime passer ses journées à observer les hommes. Ne vous imaginez pas qu'elle ait envie d'avoir des jambes à la place de sa queue de poisson. Ah ça, non ! L'une de ses cousines a bien failli mourir pour avoir eu cette mauvaise idée et Ondeline n'a pas du tout l'intention de faire de même. Elle est juste un peu curieuse…

Un jour de décembre, Ondeline revient très excitée de son exploration à la surface. « Les hommes préparent une grande fête, raconte-t-elle à ses amies.

— Une fête ? l'interrogent-elles.
— Oui ! Ils dressent un drôle d'arbre sur la plage, plein de couleurs, de guirlandes et de lumières.
— C'est Noël ! s'exclame alors une petite sirène blonde.
— Noël ? s'étonnent les autres.
— Souvenez-vous de notre cousine, reprend la sirène. Dans ses lettres jetées à la mer, elle nous en parle. Pendant cette fête, les hommes s'offrent des cadeaux et décorent des… »
Elle ne peut terminer sa phrase. Poissons, tritons, hippocampes et sirènes parlent tous en même temps ! Une vraie cacophonie ! « Fêtons Noël !
— Offrons-nous des cadeaux !
— Décorons un arbre ! » lance Ondeline avec enthousiasme.
Aussitôt le silence se fait.
Un arbre ?

Où en trouver un quand on habite sous la mer ? Même la vieille murène n'en a jamais vu de toute sa vie malgré son très grand âge.
« Je peux peut-être vous aider, propose timidement le corail.
— Toi ? s'étonne Ondeline. Tu sais où trouver un arbre ?
— Hélas non, avoue le corail. Mais mes branches sont un peu comme celles d'un arbre…
— C'est vrai ! s'écrie Ondeline. Tu ressembles à un arbre ! »
L'enthousiasme s'empare de nouveau de la petite troupe. Un hippocampe apporte des algues multicolores pour faire des guirlandes. Des anémones s'accrochent aux branches du corail comme des boules de Noël.
Une étoile de mer se perche même au sommet de l'arbre improvisé.
« J'aimerais participer, annonce soudain la baudroie venue des grandes profondeurs.
— C'est que… » commence Ondeline, un peu gênée.
Il faut dire que la baudroie est un poisson épouvantablement laid, avec un photophore ridicule qui pend de son front. Ondeline a peur que sa présence ne gâche la fête. Mais tandis qu'elle réfléchit à une manière polie de renvoyer l'importune, la baudroie se place derrière le corail et allume sa petite lumière.
Soudain, le corail s'illumine comme par magie.
Le premier arbre de Noël sous-marin est né !

Joyeux Noël magique !

Ce matin, dans la famille des magiciens, le réveil en forme de boule de cristal n'a même pas le temps de sonner que… « Debout ! crie Merlinpinpin en secouant sa petite sœur Annacadabra et son petit frère Arturlututu. Debout ! Ce soir, c'est Noël. Dépêchons-nous de préparer notre Noël magique ! »

Immédiatement, les trois petits magiciens attrapent leurs baguettes, leurs chapeaux pointus et dévalent les escaliers. Annacadabra feuillette son livre de magie pour débutants et s'arrête à la lettre N : « Nabot. Nain. Navet. Nectar. Nigaud… NOËL ! Ça y est, j'ai trouvé !

– Quelle est la formule magique pour faire apparaître le sapin ? trépigne Arturlututu.

– La voilà ! Sapin-pinson-mon-beau-sapin-dans-ma-maison ! » récite Annacadabra en fermant les yeux.

Et… Toc, toc, toc, on frappe à la porte.
« Bonjour ! » s'incline un beau sapin encore couvert de neige. Et le voilà devant la cheminée en train de se réchauffer et de secouer ses aiguilles.
« Vite, la formule magique pour le décorer ! s'écrie Merlinpinpin.
– Guili-guili,
guirlandes dorées,
apparaissez ! »
souffle Annacadabra.

Pschitt ! Des centaines de guirlandes zigzaguent comme autant de petites chenilles colorées et s'agrippent aux branches du sapin qui rouspète : « Pfiou, c'est lourd ! »
Les parents des petits magiciens, maman Barbichette et papa Sésame, font leur apparition :
« C'est merveilleux ! Vous êtes de vrais petits magiciens ! » dit maman Barbichette. Elle sort alors sa baguette magique. Gling ! Aussitôt, la forêt brille de mille feux, illuminée de boules de toutes les couleurs, de bougies et d'étoiles.
« C'est magnifique ! s'exclament Merlinpinpin, Annacadabra et Arturlututu.
– Et moi, je vais préparer l'arrivée du père Noël ! » déclare papa Sésame.

Re-gling ! Il transforme le lac de la forêt en un lac gelé.
« Voilà une piste d'atterrissage de rêve pour accueillir le père Noël ! dit-il, ravi. Il n'y a plus qu'à l'attendre. »

À ce moment-là, sous les yeux grands ouverts des enfants, le traîneau du père Noël apparaît dans un reflet de lune et se pose sur la piste verglacée. Les trois enfants lui déroulent un tapis magique jusqu'à la maison. Pendant ce temps, les chaussettes et les chaussons des magiciens dansent, impatients, devant la cheminée !

« Distribution spéciale de cadeaux magiques pour les enfants magiciens. »

À ce moment-là, plouf, un cadeau jaillit et saute au nez de Merlinpinpin :

« Des baskets de sept lieues ! » crie-t-il.

Annacadabra tend les bras et le joli nœud de son paquet se défait…

« Oh, un carrosse qui même après minuit ne se transforme pas en citrouille ! » s'écrie la petite magicienne.

Enfin, du cadeau d'Arturlututu bondit une paire de patins à glace, magique bien entendu, pour faire des figures à l'envers et filer dans tout l'univers.

Très contents, Merlinpinpin, Annacadabra et Arturlututu partent en courant dans la neige avec leurs cadeaux magiques. Arrivés devant le lac gelé, ils prennent leur élan et… Zouu, ils glissent dans une pluie d'étoiles.

Les boules, les bougies allumées et les guirlandes des arbres de la forêt se reflètent sur la glace.

« Joyeux Noël ! dit le père Noël.

– Joyeux Noël magique ! » répond en chœur la famille des magiciens.

Le fabuleux Noël du sous-marin

À bord du sous-marin, l'équipage s'ennuyait. Que la vie était triste et monotone au fond de l'océan !

« Dire qu'on est en décembre ! soupira un matelot. Là-haut, sur terre, ils préparent Noël.

— Ma mère a dû faire sa fameuse bûche au chocolat, ajouta son voisin avec gourmandise.

— J'aimerais tant faire du patin sur les lacs gelés, regretta un troisième.

— Nous sommes même privés d'écrire au père Noël qui lui porterait notre courrier ? se lamenta un autre. Oh, les amis, attention ! Une baleine à bâbord ! »

Les matelots se précipitèrent au hublot. L'animal géant se dirigeait vers le sous-marin. L'équipage songea à tirer. Mais la baleine avait accroché un drapeau blanc à sa queue pour prouver ses intentions pacifiques !

« Que voulez-vous, Madame la baleine ? demandèrent les marins par radio.

— Je viens chercher le courrier du père Noël. Je le remonterai au sec à la surface où un renne passera le récupérer. »

Stupéfaits et enchantés, les matelots écrivirent leurs lettres et les confièrent à l'étrange factrice...

Quelques jours plus tard, le radar du sous-marin repéra un scaphandrier à l'approche.

Au lieu de se présenter par le sas d'entrée, sur le côté du sous-marin, le scaphandrier se dirigeait vers le périscope situé au-dessus... Quelle étrange manœuvre !

Il y eut ensuite un bruit de chute sous le périscope. Le père Noël, car c'était lui, était entré par là comme par une cheminée.

Empêtré dans son scaphandre, il se débattait les quatre fers en l'air !
Les marins l'entourèrent, lui firent fête, l'aidèrent à se déshabiller.
« Je n'ai pas l'habitude de ce matériel encombrant ! dit le père Noël en riant. Mais j'avais toujours rêvé d'une plongée sous-marine !
Je suis venu vous apporter quelques petits riens… »
Il tira de ses poches tous les cadeaux que les marins avaient espérés.
« Ce n'est pas tout, ajouta le père Noël. Je vous réserve maintenant la surprise du chef. Allez voir au hublot ! »
Un spectacle magique attendait l'équipage. Des millions d'étoiles de mer suspendues dans l'océan s'étaient allumées. Éclairé par leur lueur, le sable du fond scintillait : ses paillettes brillaient comme la neige. De longues algues vertes complétaient le décor. Les profondeurs de la mer s'étaient mises aux couleurs de Noël ! Les matelots étaient émerveillés… et le père Noël était le plus fasciné de tous.
« C'est encore mieux que sur terre, murmura-t-il, rêveur.
Je devrais peut-être déménager sous la mer ! »

Le petit sapin gelé

C'est un petit sapin tout en haut d'une montagne blanche.
Un sapin tellement petit que tout le monde se moque de lui.
Un sapin tellement gelé qu'il ne fait qu'éternuer !
« Tu es riquiqui comme un pissenlit, ricane l'épicéa géant.
— Tu es aussi minus qu'une puce, s'esclaffe le mélèze balèze.
— Atchoum ! » fait le petit sapin.
En secret, il s'entraîne à grandir : il agite ses aiguilles, il tortille ses branches, il étire son tronc. « Rien à faire, je suis toujours aussi petit » soupire-t-il en baissant sa tête pointue.

Un jour, cinq petits lutins grimpent sur la montagne. Ils tirent une grande luge en chantant : « Eh hi ! Eh oh ! Un sapin, il nous faut !... Eh hi ! Eh oh ! C'est là notre boulot !

— C'est sûrement moi qu'ils viennent chercher, dit fièrement l'épicéa géant.

— Non, c'est moi. Tu sais que je suis le plus grand ! se vante le mélèze balèze.

— Atchoum ! » fait le petit sapin.

Les cinq lutins s'arrêtent tout net : « Qui a éternué, c'est toi, Léa ? demande Léo, le premier lutin.

— Non, c'est plutôt Noé, répond Zoé, le deuxième lutin.

— Ça venait de ce côté, dit Téo, le dernier lutin.

— Atchoum ! » fait le petit sapin.

Les cinq lutins aperçoivent alors le petit sapin : « Eh hi ! Eh oh ! Ce sapin est très beau ! Eh hi ! Eh oh ! Mettons-nous au boulot ! »

Ils s'arrêtent au pied des trois arbres et sortent des pelles de leurs sacs à dos. Délicatement, ils déterrent le petit sapin, l'installent dans un pot et le fixent sur leur luge. Alors le mélèze balèze et l'épicéa géant lui disent au revoir du bout de leurs branches.

« Et maintenant, en avant pour la grande descente ! »
Les cinq petits lutins grimpent sur la luge qui glisse à toute allure sur les pentes de la montagne. Le petit sapin n'a jamais fait cela de sa vie. Comme il va vite !
Lorsqu'il arrive au bout de la grande descente, il est un peu sonné. Tous les lutins de la montagne l'entourent et commencent à le décorer : une pomme de pin par-ci, une orange par-là, puis un joli ruban de satin rouge et tout en haut, une étoile qui brille !
« Atchoum ! fait le petit sapin.
— Ce sapin est vraiment gelé » pensent les lutins, qui ont soudain une idée !
Et le 25 décembre, le petit sapin trouve pour son Noël une belle écharpe en laine tricotée par Léa, Léo, Téo, Noé et Zoé !
Une écharpe mauve et argentée qu'il n'a plus jamais quittée.
Si vous partez en montagne, regardez bien, vous verrez peut-être ce petit sapin !

L'elfe de la couronne de l'Avent

« Ho ! Hisse ! Ho ! Hisse ! » Paul, Virginie, avec l'aide de Papa, sciaient une branche de sapin dans le jardin pour la couronne de l'Avent.
« Ça ne va pas, non ? dit une voix fluette. Vous êtes fous !
— Qui a parlé ? demanda Papa. C'est toi, Virginie ? C'est toi, Paul ? »
Les deux enfants firent non de la tête.
« C'est moi qui parle, reprit la petite voix. Vous êtes en train de couper la branche sur laquelle j'ai construit ma maison. Un peu plus et vous coupiez ma maison en deux ! »
Papa, Paul et Virginie se penchèrent vers la branche, intrigués, et, en écarquillant les yeux, ils finirent par apercevoir un petit elfe ailé, rouge de colère, les poings sur les hanches.
« Excusez-nous, monsieur l'elfe, dit Papa, mais nous ne savions pas que vous aviez élu domicile dans notre sapin. Pour nous faire pardonner, nous vous invitons à préparer et passer Noël à la maison ! »

Cette idée plut beaucoup au petit elfe : passer quelques semaines au chaud, cela lui ferait des vacances. Il fit son baluchon, ferma à double tour sa maison et suivit la petite famille.
On lui installa un petit lit dans une coquille de noix au salon. Mais l'elfe avait bien l'intention de mettre l'aile à la pâte dans la préparation de Noël. Il aida à décorer, et c'était bien pratique d'avoir un elfe qui savait voler pour mettre l'étoile tout en haut du sapin ! Il fit des sablés, tricota des chaussettes de Noël, bref, il s'activait toute la journée !

Le soir de Noël arriva enfin. Alors que les enfants dormaient sagement dans leur chambre, le petit elfe, dans sa coquille de noix, fut réveillé par un grand bruit et un nuage de suie : un vieux monsieur, tout de rouge vêtu, avec une énorme barbe blanche, venait d'entrer dans la pièce par la cheminée.

« Ils auraient pu ramoner leur cheminée, ici, nom d'un renne ! J'ai eu du mal à passer avec ma hotte ! Et tonnerre de bougies de Noël, j'ai cassé mes lunettes ! Je n'y vois pas plus loin que le bout de mon nez ! Si seulement quelqu'un pouvait m'aider », ronchonna dans sa barbe le vieil homme.

Le petit elfe s'approcha : « Moi, je peux t'aider, si tu veux ! » Le père Noël (car c'était bien lui) regarda ce petit elfe, pas plus haut qu'une bougie : « Toi ? Tu es si petit, comment pourrais-tu m'aider ?

— Je pourrais d'abord te lire les listes, puisque tu as cassé tes lunettes. Ça t'évitera des erreurs. Et je pourrais passer avant toi dans les cheminées et ramoner un peu, si cela n'a pas été fait. Et plein d'autres choses encore ! »

Le père Noël est épaté.

« Mais c'est super ! Nous allons faire une fine équipe, toi et moi. »

Et le père Noël, ragaillardi par cette rencontre, partit avec le petit elfe.

Et c'est depuis ce jour que les elfes sont entrés pour toujours au service du père Noël, qui est très content de leur travail et de leur aide précieuse. Tellement content qu'il ne ronchonne plus jamais, enfin presque !

Noël au fond des mers

Cette année, il s'est produit un heureux événement au fond de la mer des Sargasses. La princesse des sirènes et le chef des tritons ont eu un bébé. Ce garçon au teint pâle comme l'écume, aux joues roses comme le corail, s'appelle Nacre-Bleue. Ses parents aimeraient que le père Noël vienne lui apporter un cadeau... Mais le père Noël ne vient jamais au fond des océans !

Pourtant, tout le peuple des profondeurs a décidé d'exaucer ce vœu. Une dizaine de phoques gris ont quitté dès l'automne la chaleur de l'Atlantique et ils ont nagé jusqu'à la banquise du Groenland, pour prévenir le père Noël de la naissance. Quand ils sont revenus, tout le monde s'est organisé.

La nuit de Noël, à l'endroit convenu, au beau milieu du triangle des Bermudes, une gigantesque baleine attend...

Vers minuit, on entend les grelots des rennes de Noël. Des milliers d'anguilles sortent alors de l'eau et se mettent à luire sous la lune, pour permettre l'amerrissage. Si bien que le père Noël pose facilement son traîneau sur le dos de la baleine...
Il reste à réussir le plus difficile. Le père Noël enfile sa combinaison de plongée rouge, son masque et son tuba, et il s'installe sur le traîneau qui flotte le long de la baleine. Les hippocampes remplacent les rennes qui attendent tranquillement au sec sur le banc d'anguilles. Le roi des hippocampes, installé en tête de l'attelage, lance un cri silencieux...
Et tout l'équipage plonge vers les profondeurs, sous la couche épaisse d'algues vertes qui couvre la surface de la mer...
Autour du père Noël, des milliers de poissons phosphorescents scintillent, rendant la mer lumineuse comme le jour. Le vieil homme est ébloui par ce cortège. Il se gratte la tête : comment fera-t-il pour trouver une cheminée sous la mer ? Dans l'océan, il n'y a ni feu, ni fumée et encore moins de cheminée !

Lorsque le traîneau approche du palais de nacre et de perles, il aperçoit une gigantesque cheminée de corail. Au sommet, trois seiches crachent une fumée d'encre. Le père Noël, avec un peu d'appréhension, se glisse dans le tuyau de corail... Cela ressemble vraiment à un conduit de cheminée. D'ailleurs, tout au fond, on dirait... mais oui ! On dirait qu'un feu flambe ! Ce sont des dizaines d'anémones de mer rouges, orange et bleues qui se sont regroupées. L'eau joue dans leurs milliers de bras, cela ressemble à des flammes. Le père Noël sourit de tant de malice.
Sans un bruit, il dépose le paquet pour Nacre-Bleue, à côté de la cheminée... Et sans un bruit, il remonte, dans un nuage de bulles, par la cheminée de corail...

Le père Noël a besoin de lunettes

Chaque année, avant son départ en traîneau, le père Noël passait sa visite médicale...
« Des lunettes ? dit le père Noël surpris.
— Père Noël, vous n'êtes plus tout jeune et vous ne voyez plus aussi bien qu'avant, lui répondit l'oculiste. Rappelez-vous les deux dernières années, vous vous êtes perdu dans le ciel ! Certains enfants ont eu leurs cadeaux très en retard !
— Vous avez raison, j'ai du mal à lire la carte, c'est écrit petit », avoua-t-il à contrecœur.
Le Noël suivant, des petites lunettes rondes sur le bout du nez, il partit distribuer les cadeaux. Pour la lecture du plan, pas de problème !

Malheureusement, la nuit était si sombre qu'il ne parvenait pas à distinguer les maisons et il en oublia quelques-unes.
Sa tournée finie, il revint à l'atelier et pleura à chaudes larmes : « Ces binocles ne me servent à rien sans lumière ! Il faisait si noir… Je me suis encore perdu.
— J'ai une idée, s'exclama l'oculiste. Demandons aux habitants d'allumer une bougie devant leur porte. Guidé par la lumière, vous circulerez dans le ciel comme en plein jour et n'oublierez aucune maison. »
Le Noël suivant, le père Noël s'envola sur son traîneau et suivit les flammes dansantes. Cette fois-ci, rien ne pourrait gâcher Noël !
Tout se passait à merveille lorsque, soudain, un énorme vent souffla et éteignit d'un seul coup toutes les bougies.
« Oh, non, je ne vois plus rien », gémit le père Noël.
Il tenta de poursuivre son chemin, mais se perdit au milieu d'une forêt. Tout à coup, parmi les arbres, il aperçut des lumières bouger.
Il écarta quelques branches et... Incroyable !
Des milliers de lucioles dansaient et chantaient.
Il s'approcha sans faire de bruit, mais son pied heurta une racine et il tomba dans un grand

BOUM !

« Qui êtes-vous ? demanda la reine des lucioles.
— Euh... Je suis le père Noël.
— Le père Noël ! Impossible ! En ce moment même il distribue les cadeaux aux enfants.
— Ben, c'est-à-dire que je me suis perdu. J'ai quelques problèmes de vue et, sans lumière, je ne vois rien. Je suis désespéré, les enfants vont être si tristes de ne pas trouver leur cadeau sous le sapin !
— J'aimerais tellement vous aider... Peut-être que nous pourrions vous éclairer ! »
Le père Noël, ravi, s'élança dans le ciel.
Toutes les lucioles formèrent une grande chaîne de lumière et l'accompagnèrent dans sa tournée.
Les enfants virent le ciel scintiller de mille feux : ce fut la plus magique des nuits de Noël.

Le géant impatient

« Du pain d'épices, de la cannelle, du chocolat… Hum !
Ça sent le marché de Noël ! » Le géant impatient enfile vite son pantalon et court au village, ce qui n'est pas très loin pour ses longues jambes.
« Est-ce aujourd'hui Noël ? demande-t-il aux passants.
– Mais non, répond un garçon qui se demande bien d'où sort ce géant pour poser une question pareille. Noël, c'est dans 24 cases du calendrier ! Tu as le temps !
– Oui, dit le géant, mais je n'ai pas pu attendre, alors, j'ai ouvert toutes les cases en même temps. Noël devrait donc être arrivé.
– Ça ne compte pas, dit le garçon, tu as triché.
– Mais qu'est-ce que je vais faire ? dit le géant impatient. Je m'ennuie drôlement. J'ai décoré tous les sapins de la forêt, j'ai écrit une lettre au père Noël : je n'ai plus rien à faire maintenant. Je voudrais déjà être à Noël ! dit-il en trépignant.
– Arrête ! dit le petit garçon. La terre tremble sous mes pieds !
Et puis, je dois rentrer, sinon, je vais me faire gronder.
À bientôt ! »

Le géant se retrouve seul.
Il erre dans les rues en traînant ses grands pieds. La nuit commence à tomber, les gens rentrent chez eux pour préparer à manger et allumer la télévision.

« C'est comme ça qu'ils patientent, se dit le géant en se penchant vers les petites fenêtres. Ils regardent les programmes des fêtes pour attendre le réveillon.

Mais ces écrans sont vraiment trop petits pour moi.
Ce n'est pas juste, il doit bien y avoir une solution… »

Et, la nuit, le géant vole tous les téléviseurs et se fait un écran géant. Le lendemain matin, tout le village tambourine à sa porte.

« Voleur ! crient les gens. Rends-nous nos télévisions, nous savons que c'est toi !
– Non, non et non ! dit le géant en ouvrant sa porte. Je ne vous les rendrai pas. Ce n'est pas juste que je sois le seul qui s'ennuie dans ce pays. Vous n'avez qu'à me distraire, et je verrai ce que je peux faire. » Les villageois se concertent.
« Ce géant est mal élevé, se disent-ils. Mais bon, quand même, il a l'air de beaucoup s'ennuyer… »
Et ils lui proposent une solution : « Si tu nous rends nos télévisions, nous te raconterons une histoire chaque soir avant de te coucher, jusqu'au réveillon.
– Bon, d'accord, dit le géant, je veux bien essayer. »
Le soir même, il fait un grand feu pour réchauffer tout le monde et l'histoire commence. Chacun invente un épisode, on s'amuse bien. La soirée est tellement réussie que, tous les soirs, les villageois et le géant se retrouvent pour se raconter des histoires. Ils rient, pleurent et rentrent faire de très beaux rêves. Enfin, on avait trouvé un bon moyen d'attendre Noël tous ensemble, et personne ne vint jamais réclamer sa télévision.

La grande parade des jouets

Aujourd'hui, au pays du père Noël, c'est la fête des lutins ! Comme tous les ans avant Noël, ils se préparent depuis des semaines à cette assemblée. Chaque atelier va y présenter les derniers jouets qu'il a créés. Tous les lutins ont travaillé avec joie et entrain pour ce grand jour, et chacun rêve à la belle récompense : les félicitations du père Noël et une grande boîte de chocolats pour l'atelier le plus original !

« Alors, Barnabé, interroge Anatole en montant le grand escalier de la salle des spectacles. Quelle trouvaille vas-tu nous présenter aujourd'hui ? Un train parlant, extravagant ?

— Tss tss tss, tu verras bien ! Et toi, Anatole, que mijotes-tu ? Ton atelier des avions et objets volants a encore dû faire des merveilles ! »

Dans un joyeux brouhaha, les lutins s'installent sur les bancs de la salle, décorée de rouge et d'or comme un théâtre. Et le moment tant attendu arrive enfin : Balthazar, le lutin en chef, se lève et frappe trois coups sur son pupitre.

« Mes amis, c'est avec joie que je déclare notre grande assemblée ouverte ! Père Noël, nous vous présentons nos nouveautés ! »

En une parade enchantée défilent alors les jouets les plus incroyables, les plus charmants et les plus touchants que l'on puisse imaginer. Toute l'assemblée pousse des « oh » et des « ah » d'étonnement devant le train cascadeur de Barnabé, l'oiseau-aquarium d'Anatole, les pantins mécaniques d'Isidore, les bulles de savon qui n'éclatent jamais d'Albert…

« Et maintenant, pour finir, j'appelle Léonard, chef de l'atelier des poupées ! » s'exclame Balthazar.

Devant les lutins fascinés, Léonard fait alors danser une poupée ravissante au son d'une petite flûte. « Je vous présente Dorothée, la seule poupée qui s'anime et danse au son de cette flûte magique ! »

Les lutins applaudissent des deux mains, ravis, charmés, éberlués. « Bravo, hourra ! » entend-on de-ci de-là.

« Tout cela est merveilleux, extraordinaire ! s'enthousiasme Balthazar. Père Noël, l'heure est maintenant venue de nous révéler le jouet que vous choisissez entre tous !

— Mes chers lutins, cette année vous vous êtes surpassés ! Toute la magie de Noël est là et je veux vous féliciter ! Je vous déclare tous grands gagnants : chacun de vous recevra un beau calendrier de l'Avent… et des chocolats pour les gourmands ! »

Des sapins en Amazonie

Le père Noël avait chargé sur son traîneau les cadeaux destinés aux enfants du monde entier. Il était prêt pour la distribution.
« En avant, braves rennes, courage ! Le chargement est lourd ! »
Les rennes commençaient à trotter lorsque le téléphone du père Noël sonna dans sa poche.
« Zut ! Attendez-moi une minute. »
Et le père Noël s'assit sur un nuage pour téléphoner confortablement.
Jonssen le renne dit à ses camarades : « On n'a qu'à commencer la distribution sans le père Noël.
— Bonne idée ! On aura fini le travail plus tôt ! » répondit Svenssen, le paresseux de la bande.
Jonssen rappela la méthode : dès qu'on voit un sapin avec des chaussures dessous, on dépose des cadeaux.

— Ouais ! répondit Svenssen. Mais comment reconnaît-on un sapin, déjà ?
— Facile, gros malin. Le sapin est le seul arbre qui reste vert en hiver. »
Les rennes piquèrent au galop vers la Terre. Ils arrivèrent au-dessus de l'Amérique du Sud. Là, ils aperçurent une forêt qui couvrait des milliers de kilomètres. C'était la forêt amazonienne, la plus grande forêt tropicale du monde. Et tous les arbres étaient verts…
« Oh là là ! Des milliards de sapins ! soupira Svenssen le fainéant. Voilà qui va nous faire beaucoup de travail ! »
Les rennes commencèrent à examiner les arbres un par un pour chercher les chaussures des enfants. Mais ils n'en trouvaient pas.
« On est bêtes ! s'exclama soudain Jonssen. Les Indiens d'Amazonie marchent pieds nus : ils n'ont pas de souliers à mettre sous leur sapin !
— Qu'est-ce qu'on fait alors ? demandèrent les autres rennes, embêtés.
— On va mettre un cadeau sous chaque sapin, par précaution. »
Et les rennes déversèrent dans la forêt les millions de paquets prévus pour le monde entier…

Pendant ce temps, le père Noël cherchait ses rennes partout.
Lorsqu'il les retrouva, ils posaient le dernier cadeau du traîneau au pied d'un arbre gigantesque.
« Saperlipopette, que vous êtes bêtes ! »
C'était la première fois que le père Noël grondait ses rennes, mais ce fut la réprimande du millénaire.
« Dans cette forêt, il n'y a pas un seul sapin, tas de maladroits. On n'est pas dans les pays du Nord !
— Mais… tous ces arbres verts ? bredouilla Jonssen.
— Sous le climat tropical, aucun arbre ne perd jamais ses feuilles ! »
Les rennes étaient atterrés.
« On peut laisser les cadeaux ? suggéra Svenssen le feignant. Ce sera un Noël magique pour les Indiens et, euh, hum, bien… »
Le père Noël fixait Svenssen d'un air tellement contrarié que le renne se mit vite, très vite, à ramasser les cadeaux pour les remettre dans le traîneau et les déposer au pied des vrais sapins pour tous les enfants du monde.

Un sapin décoré pour l'écureuil

« Alors, comment vais-je décorer mon sapin cette année ? se demandait l'écureuil, bien au chaud dans son tronc d'arbre à étages aménagé. Avec toutes les décorations que j'ai récoltées pendant l'année, je peux le faire rouge et doré, ou bleu et argenté, ou avec des boules de toutes les couleurs et du pain d'épices en forme de cœur. J'ai l'embarras du choix.
Mais qui va là ? demanda l'écureuil, entendant qu'on frappait à sa porte.
— C'est moi, le Docteur hibou.
Les animaux de la forêt m'ont dit que tu avais plein de décorations de Noël dans ta maison. Avec cette épidémie de grippe, je n'ai pas eu une minute pour faire mon sapin. Je peux t'emprunter deux ou trois bricoles ?
— Mais bien sûr, dit l'écureuil. Tiens, prends ça, et ça, et ça, de quoi faire un beau sapin rouge et doré. »

Le Docteur hibou eut du mal à s'envoler pour retourner chez lui avec plein de décorations sous chaque aile !
« Qu'est-ce que c'est ? demanda l'écureuil, entendant qu'on tapait du pied au bas de son arbre.

— C'est nous, les lapins. On revient de notre spectacle de claquettes pour lequel on a répété toute l'année. On n'a pas eu une minute pour faire notre sapin. Tu n'aurais pas deux ou trois décorations à nous prêter ?

— Tenez, prenez ces boules et ces guirlandes, voilà de quoi faire un beau sapin bleu et argenté.

— Merci, écureuil, et joyeux Noël !

— Bon, si ça continue comme ça, je n'aurai plus rien pour décorer mon sapin », se dit l'écureuil.

Il eut à peine le temps de poser sa patte sur la première marche de son escalier en colimaçon qu'on grattait encore à sa porte.

« Quoi encore ? dit l'écureuil un peu énervé.

— C'est moi, le mulot. Je viens d'être papa d'un petit bébé mulot ! Alors, le sapin de Noël, ça m'est un peu passé au-dessus des oreilles. Tu ne pourrais pas me dépanner de deux ou trois décorations ?

— Mes félicitations et voilà de quoi décorer toute ta maison ! »

Et l'écureuil lui tendit ses dernières décorations.

Quand il referma sa porte, il ne lui restait plus rien pour décorer son sapin : ni boules, ni guirlandes, ni cœurs en pain d'épices. Rien !

« Ce n'est pas possible, se dit l'écureuil qui ne se laissait pas abattre facilement. Je ne vais tout de même pas fêter Noël sans un beau sapin décoré ! Voyons, qu'est-ce que je pourrais trouver pour remplacer les décorations que j'ai données ? Des casseroles et des couverts ? Non, ça ne fera pas l'affaire ! Des chaussures et des chaussettes ? Ça fera bête ! Des boutons et des rubans ? Ça fera trop gnangnan ! »

Soudain, il aperçut dans un coin ses sacs de noisettes de réserve pour l'hiver.

« Ça y est, je sais, je vais décorer mon sapin avec des noisettes ! Je ferai des trous dedans, passerai un joli fil doré, les peindrai de mille couleurs acidulées et le tour sera joué. »

Il travailla toute la nuit et, le lendemain, il invita ses amis : « Regardez mon beau sapin couvert de noisettes colorées, leur dit-il. Ça, c'est un vrai sapin d'écureuil, foi de moi ! »

La Porte magique

Au royaume du père Noël, il régnait une grande agitation.
Les lettres des enfants affluaient par milliers, les lutins fabriquaient les jouets et les rennes s'entraînaient dans les forêts de glace pour être en forme le grand soir. Le père Noël, lui, voulait régler l'heure de son départ avec le gardien de la Porte magique, le vieux sorcier Merlock.
Fermée toute l'année, la Porte préservait le royaume féerique de Noël des curieux et des gens malhonnêtes.

Merlock était le seul à pouvoir l'ouvrir. Il ne prononçait la formule magique qu'une seule fois par an, le soir de Noël.
Arrivé près de la Porte, le père Noël remarqua l'air abattu du sorcier.
« Merlock ! Que se passe-t-il ?
— Oh, j'essaie de former un nouveau gardien. Je me fais vieux et je suis fatigué. Mais ce n'est pas cette année que je partirai à la retraite. Regardez mes élèves, c'est la catastrophe ! » dit-il en désignant un groupe de jeunes sorciers.
La Porte changeait de couleur : rouge, bleu, jaune, rose ; de motifs : des fleurs, des cœurs, des étoiles ; et de forme : rond, triangle, carré. Mais pas un seul gond ne grinçait.
« Ils pourront toujours s'occuper de la décoration du royaume ! » s'exclama le père Noël dans un fou rire.
Maké le renne écoutait avec attention leur discussion. Il aurait voulu accompagner le père Noël lors de sa tournée, mais il avait le vertige et ne pouvait pas voler comme les autres rennes. Alors, il prit une grande décision : « Je vais devenir le nouveau gardien ! »
Tous les jours, il se rendait discrètement près de la grande Porte. Contrairement aux jeunes élèves qui ne pensaient qu'à s'amuser, il écoutait attentivement l'enseignement de Merlock.
Au bout de quelques jours, il parvenait déjà à ouvrir les sacs à dos, les tiroirs et les coffres-forts.

Le soir du
24 décembre, le père
Noël attendait devant la Porte
sur son traîneau chargé de cadeaux
lorsqu'un petit lutin arriva complètement
affolé : « Père Noël, Merlock
est malade, il est cloué au lit. »
Les habitants paniquèrent : pas de Porte
ouverte, pas de Noël !
Tous les élèves essayèrent de l'ouvrir, sans y parvenir.
Maké s'avança timidement sous les ricanements des
autres rennes : « Hé Maké, tu as perdu la tête !
Tu es un renne, pas un sorcier ! »
Il se concentra malgré les moqueries et marmonna
des mots incompréhensibles. Il virevolta sur lui-même
et pointa sa patte d'un coup sec vers la Porte. Un éclair jaillit,
puis un faible grincement résonna, enfin les deux battants
s'écartèrent à la stupéfaction générale. Maké était très fier…
« Maké, tu es un grand magicien, dit le père Noël.
Je pense que Merlock a enfin trouvé son
remplaçant. Joyeux Noël à tous ! »

La bagarre des chaussures

C'est la bagarre dans le placard à chaussures d'Arthur. Noël aura bientôt lieu et les souliers ont commencé à se disputer. Qui aura l'honneur d'être mis sous le sapin pour recevoir les cadeaux d'Arthur ?
« Moi, bien sûr, déclare le soulier en cuir. Je suis si beau avec ma boucle dorée.
La maman d'Arthur prend grand soin de moi ! Elle me fait des séances de maquillage régulières, avec ce cirage noir qui brille à la lumière.
Je suis LE soulier préféré. Inutile de rêver, mes amis ! C'est moi qui…
— Prétentieux ! Vaniteux ! bougonne la basket indignée.
Tu n'es qu'un coquet peureux. Il te faut des tapis tout doux, des trottoirs tout lisses ! Moi, je sais courir dans les bois, jouer au foot, pédaler à toute allure sur le vélo d'Arthur.
Je suis une chaussure sportive et pleine d'énergie, c'est moi la chérie.
D'ailleurs, Arthur me l'a dit : je ne lui donne pas d'ampoules. Avec toi, il lui faut des rouleaux de sparadrap !

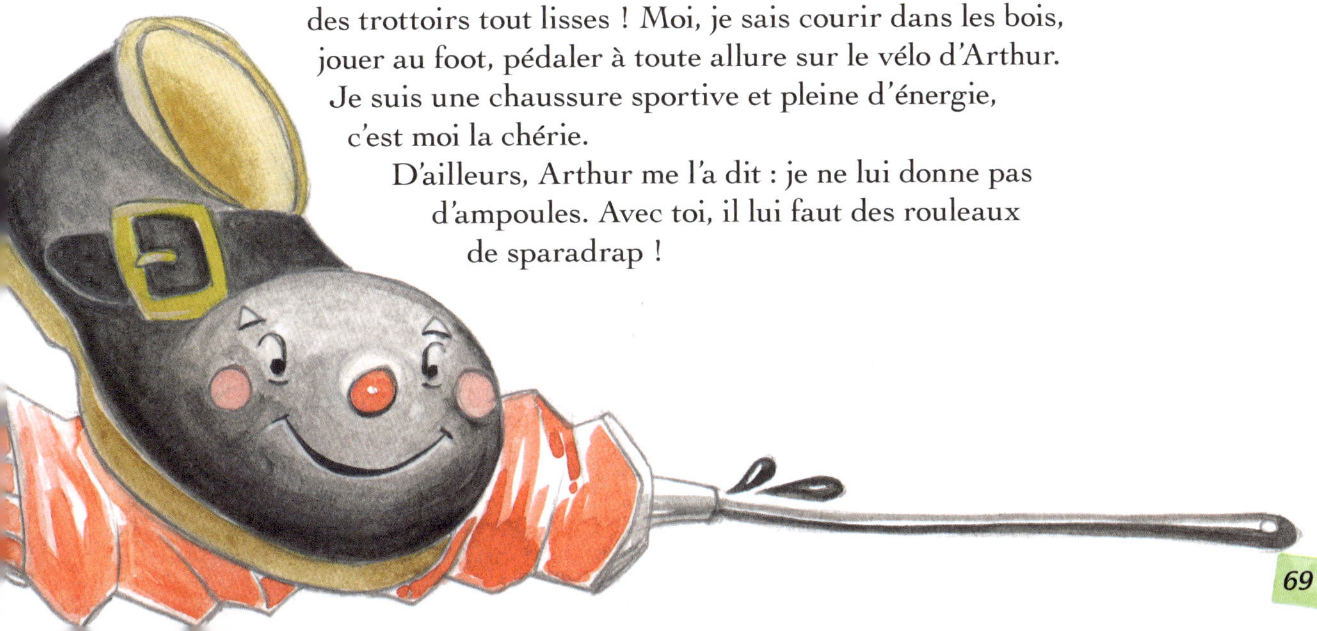

— Taratata ! siffle la botte. C'est moi la reine en cette saison. Je ne crains ni la pluie, ni la boue, ni la neige, ni le plus affreux des mauvais temps. Arthur me choisira sûrement !

— Et moi, et moi ? gémit la sandale en plastique. C'est injuste ! On ne parle pas de moi, tout ça parce que je suis une chaussure d'été… »

Les autres se mettent à ricaner.

« Tu t'es regardée, minable nouille de plage ? Allez, rendors-toi jusqu'aux grandes vacances !

— Bande de jaloux ! hurle la sandale. Vous m'enviez parce que vous restez enfermés dans la ville tout l'été, pendant que je cours sur le sable et que je pêche des crevettes ! »

Soudain, le branle-bas de combat cesse tout net, les chaussures deviennent muettes. Arthur et sa maman viennent d'ouvrir le placard !

Le soulier ciré tente de se faufiler discrètement par-devant.

Mais la basket lui fait un croche-pied pour l'empêcher d'avancer…

« J'ai grandi, dit Arthur. Toutes ces chaussures me font mal au bout des pieds.

— Eh bien ! Justement, je viens de t'en acheter une nouvelle paire ! » répond maman en attrapant une boîte sur l'étagère. Arthur ouvre le carton.

« Oh ! Qu'elles sont belles ! On dirait des coccinelles ! »

Ce sont de superbes chaussures rouges avec trois pois noirs sur le côté. Elles sourient jusqu'aux oreilles, ce qui les rend encore plus belles. Maman assure à Arthur : « Elles sont confortables comme des baskets, imperméables comme des bottes et assez élégantes pour remplacer tes souliers.

— Merci, maman ! Je vais les mettre dès maintenant pour m'en faire des amies. Ce sont elles que je poserai sous le sapin à Noël ! Avec leur grande pointure, elles pourront contenir encore plus de surprises pour Arthur ! »

Les chaussures abandonnées sont toutes tristes. Arthur les console : « Ne vous inquiétez pas, mes amies ! Je ne vous oublie pas. L'an prochain, vous serez les chaussures de mon frère Petit Pierre, quand il aura grandi. Grâce à lui, vous retournerez sous le sapin, c'est promis ! »

Le voyage de la lettre de Zoé

Zoé a pris son beau papier à lettres multicolore pour écrire sa commande au père Noël. Sûre que son vœu sera exaucé, elle va poster sa lettre. Mais le vent se lève et, soudain, la précieuse enveloppe est happée par un tourbillon de neige !
« Oh non ! s'écrie Zoé, désemparée. Le père Noël ne va jamais recevoir ma commande ! »

La lettre, poussée par le vent, continue son voyage à travers les nuages. Pendant plusieurs jours, elle affronte les bourrasques, essuie une tempête de grêle, passe entre les gouttes de pluie, puis retrouve enfin le calme. Et par une belle matinée ensoleillée, elle arrive en Australie où un kangourou l'attrape d'un saut de géant.

« Ça alors, une lettre pour le père Noël ! dit-il, stupéfait. Vite, il faut à tout prix qu'elle arrive à destination ! »

Il la fourre dans sa poche ventrale et se rue à grands bonds vers l'océan Pacifique pour la donner à son ami le dauphin. Aussitôt, le mammifère marin fend les vagues vers l'Amérique du Sud. Là, il passe le relais à son ami le cheval de Patagonie. Celui-ci attrape la lettre et galope à travers les étendues de pampa et les majestueux fleuves de glace.

Au détour d'un pic escarpé, il voit le flamant rose qui prend un bain d'eau salée.

« Vite, le père Noël va partir faire sa tournée. Si l'on ne se presse pas, Zoé n'aura pas de cadeau cette année ! »

Sans plus attendre, l'oiseau prend la lettre dans son bec et gagne le pôle Nord à tire-d'aile. Essoufflé, il se pose sur un iceberg où l'ours polaire fait sa sieste.
« Plus qu'un quart d'heure avant le départ du père Noël, cours vite ! » lance le flamant rose, encourageant son ami.
L'ours blanc traverse alors les bancs de glace à une vitesse incroyable. Tout à coup, il aperçoit le traîneau qui s'apprête à décoller. « Père Noël, j'ai quelque chose pour vous ! » s'égosille l'ours. Le grand homme s'empresse de lire la lettre… et place aussitôt dans sa hotte un dernier cadeau.
Zoé en est sûre, ça s'est passé ainsi ! Elle le sait parce que son vœu a été exaucé. Elle vient de déballer la plus fabuleuse peluche qu'elle ait jamais vue : elle a la poche du kangourou, la queue du dauphin, la crinière du cheval, les ailes du flamant rose et la blancheur de l'ours polaire. Et elle était emballée dans un papier multicolore, comme son papier à lettres…
Et ça, c'est un vrai miracle de Noël !

Le monstre du Loch Ness

Il existe en Écosse un lac appelé le Loch Ness. Dans ses eaux vit un monstre qui terrifie toute la région. Il a, dit-on, le cou plus long qu'une girafe, d'énormes pattes très courtes et une queue immense qui fait bouillonner l'eau !

Quelques jours avant Noël, deux enfants jouaient près du lac. Soudain…

« Steve, regarde ! » s'exclame Mary.

Une chaussette de Noël, grande comme une barque, est étendue sur l'herbe…

« C'est le monstre qui l'a posée là pour recevoir des cadeaux, suggère Steve.

— Mais le père Noël ne passe que chez les humains !

— Oui. Le monstre va être cruellement déçu, dit Steve. Si on faisait semblant d'être le père Noël ? On remplirait la chaussette…

— Tu es fou ? Un monstre aussi dangereux ?

— Nessie n'a jamais mangé personne. Tout le monde le craint, mais nul ne l'a jamais vu. Tu sais bien qu'il n'apparaît que la nuit ou dans le brouillard ! »

Mary réfléchit. Bien sûr, ce n'est pas drôle d'être un monstre laid à faire peur, obligé de vivre caché, privé de Noël chaque année. Soudain, elle a une idée pour remplir la chaussette.
« Il faut lui faire découvrir les bonbons et le chocolat ! »
Les enfants courent au village. Ils cassent leur tirelire et récoltent l'argent qu'ils économisaient depuis toujours pour s'offrir un voyage en fusée. Ils foncent acheter toutes les confiseries du supermarché !
De retour au lac, ils déversent dans la chaussette deux énormes brouettes de gâteries.
Le lendemain, lorsque les gentils compères Noël retournent au lac, la chaussette a disparu. À la place, il y a… un rocher creusé en forme de saladier, débordant de pierres précieuses !
« Cela veut dire que le fond du lac est tapissé de pierres, bredouille Steve.
— Avec ces richesses, on a de quoi faire trois fois le tour de la Voie lactée en fusée, et en première classe, s'il te plaît ! » bafouille Mary.

Soudain, une tête de dinosaure émerge de l'eau, souriant d'un air malicieux. Sa gueule est barbouillée de sucre et de chocolat…

« Nessie ! crient les enfants. Tu t'es douté que nous n'étions pas le père Noël ? Quel cadeau, toutes ces pierres précieuses !

— Elles ne valent pas aussi cher que deux amis, dit le monstre d'une drôle de voix qui glougloute un peu. Je voudrais vous remercier encore mieux. Si vous voulez, en attendant d'explorer l'univers en fusée, je vous ferai visiter le lac dans mon sous-marin privé.

— Quand ? crient les enfants tout excités.

— Ce soir au coucher du soleil, c'est l'heure la plus belle, les pierres brillent de mille feux. Et… »

La voix de Nessie se met à gargouiller de gourmandise.

« ...soyez gentils, rapportez-moi d'autres confiseries ! Je les ai déjà toutes finies ! »

La machine à rêves du père Noël

Au village du père Noël, les lettres d'enfants qui commandent des jouets arrivent du monde entier. Les sacs de courrier s'entassent et forment une pyramide géante devant la maison des lutins.

« Il y a chaque année plus de lettres, grogne Toudou.

— Nous n'arriverons jamais à tout lire », ajoute Gouzi.

De sa maison, le père Noël surprend leur conversation.
« Pas de panique, les lutins, dit-il. J'ai inventé une machine extraordinaire, la "machine à lire les rêves d'enfants". Suivez-moi. »
Au milieu de l'usine de jouets, ils découvrent une drôle de machine qui ressemble étrangement au père Noël !
Soudain, ses yeux clignotent, ses joues roses s'illuminent et sa bouche s'anime :
« Bonjour, je suis la machine à lire les rêves d'enfants, dit-elle. Glissez le courrier dans ma bouche-boîte aux lettres. Je le lis à votre place et je vous donne la liste des jouets à fabriquer. »
Les lutins n'en croient pas leurs yeux. Mais le père Noël interrompt leur rêverie : « Au travail, les lutins. Allez vite chercher les lettres des enfants. »
Les lutins organisent une longue farandole qui part du sommet de la pyramide de courrier jusqu'à la machine à lire.
Gouzi, le dernier lutin, glisse une à une les lettres d'enfants dans la bouche-boîte aux lettres qui se met à parler :
« Juliette rêve d'une trottinette, Hugo voudrait un vélo, Yvette demande une dînette… »

La machine à lire travaille à toute allure.
Sa bouche avale des centaines de lettres et dévoile aux lutins les rêves secrets des enfants du monde.
Aussitôt, ils se mettent à l'ouvrage et fabriquent des trottinettes, des vélos, des dînettes, des tambours, des poussettes…
Soudain, la machine à lire s'exclame :
« Pour Noël, Chloé voudrait un petit frère ! »
Les lutins sont bien embêtés.
« Nous ne savons pas fabriquer les bébés », s'exclame Gouzi.
La machine à lire leur sourit et répond :
« Si vous fabriquiez un poupon à notre petite Chloé.
Je crois qu'elle serait ravie de s'en occuper !
— Bonne idée, s'écrient en chœur les lutins.
Les petites filles adorent les poupons.
Elle va pouvoir en prendre soin, lui donner un biberon, lui changer ses couches, le promener, l'habiller.
Et pour le petit frère, laissons Chloé rêver ! »

Une drôle de lettre…

Ce matin-là, à quelques jours de Noël, le père Noël reçut une drôle de lettre :

« Cher père Noël,
Je t'ai déjà écrit une lettre avec ma liste de cadeaux, mais aujourd'hui, il est arrivé une catastrophe : ma petite sœur Camille a perdu son doudou Lapinou et le cherche partout. Elle est très triste ! Alors, s'il te plaît, père Noël, peux-tu essayer de le retrouver et le lui apporter pour Noël ?
Merci beaucoup,
Tristan. »

Au début, le père Noël rouspéta un peu !
« Oh, ces enfants exagèrent ! À cette époque de l'année, j'ai autre chose à faire que me jeter à la poursuite de doudous égarés… »
Mais, ému par le chagrin de Camille, il n'hésita pas longtemps.
Il lança un grand avis de recherche de Lapinou et il envoya deux lutins détectives pour enquêter sur sa disparition.
Les lutins interrogèrent les témoins : Piaf le moineau et Gaston le chat du quartier. Ces deux-là savaient toujours tout ce qui se passait.

« J'ai vu Lapinou tomber du sac de Camille, chanta Piaf.
— Et moi, miaula Gaston, je l'ai vu se faire emporter jusqu'à la bouche d'égout. »
Vite, vite, les lutins coururent jusqu'à la bouche d'égout.
Pas de Lapinou !
« Saperlipopette, s'écrièrent les lutins, comment le retrouver maintenant ? »
Heureusement, la lune avait lu l'avis de recherche du père Noël. Elle appela les lutins : « Lutins, j'ai vu le lapin que vous cherchez : il voguait sur la rivière pas plus tard qu'hier ! »
Vite, vite, les lutins coururent au bord de la rivière. Pas de Lapinou !
Les lutins interrogèrent la rivière qui leur répondit : « Oui, je me souviens de ce lapin. Il s'est échoué un peu plus loin, là-bas, près des arbres. »
Vite, vite, les lutins coururent…
Et trouvèrent Lapinou, mais dans quel état ! Il était tout mouillé, tout déchiré et tremblant de froid. Ils le ramenèrent chez le père Noël le soir de Noël.
Quand ce dernier vit le doudou, il s'écria : « Mais je ne peux pas l'apporter comme ça à Camille ! »

Alors, la mère Noël le gronda gentiment : « Laisse-moi faire et va finir de te préparer ! »
Elle fit prendre un bon bain chaud à Lapinou qui claquait des dents et le frictionna entre les oreilles pour le réchauffer et bien le nettoyer. Puis elle l'enveloppa dans une grosse couverture et lui prépara une bonne soupe de carottes. Ensuite, elle répara tous ses accrocs, et elle posa une petite pièce sur sa patte. Lapinou était prêt ! Il sentait bon le savon de Noël et il était flambant neuf ! La mère Noël le déposa dans la hotte du père Noël et celui-ci le glissa sous le sapin de Tristan et Camille dans la nuit.
Quelques jours plus tard, le père Noël reçut une nouvelle lettre :

« Cher père Noël,
Je te remercie de tous tes beaux cadeaux
et pour avoir retrouvé le doudou de ma sœur.
Camille était très heureuse.
Elle ne l'a plus quitté et l'a traîné
dans toute la maison.
Maintenant, il est tout poussiéreux
et Camille l'aime comme avant !
Tristan. »

Des cadeaux surprenants

« Ah, heu, hi, ho, hu, gémit un lutin. Ça chatouiiiille !
– Ah, heu, hi, ho, hu, s'égosille un autre. Ça gratouille ! »
Le père Noël ouvre grande la porte de l'atelier des lutins :
« Mais qu'est-ce que vous avez sur le visage ?
Quelle mouche vous a piqués ? ! »
Les lutins ont le corps couvert de confettis roses :
ils ont la varicelle ! À quelques jours de Noël, quelle malchance !
Et qui va fabriquer les jouets pour les enfants ?
Le père Noël est très embêté, il se gratte la tête.
Il s'installe à sa table et commence à écrire.

Avis à tous les enfants :

Mes chers petits lutins ont la varicelle.

Je n'ai donc plus personne pour fabriquer mes jouets.
Alors, je viens d'avoir une idée. C'est vous, les enfants, qui fabriquerez cette année les cadeaux. Vous me les enverrez.
À moi ensuite de les redistribuer aux enfants du monde entier.
Des kilos de baisers !

Le père Noël.

Le lendemain matin, aux quatre coins des cinq continents, les enfants se réveillent. Ils trouvent sur leurs fenêtres la lettre du père Noël. Aussitôt, ils se mettent au travail. Les enfants des îles bricolent des cannes à pêche pour attraper les coquillages. Les enfants des montagnes fabriquent des luges à pédales qui remontent les pentes.

Les enfants des villes confectionnent des voitures qui roulent à l'essence de rose.

Et plein d'autres choses rigolotes, mais ce serait trop long à énumérer.

Lorsqu'il reçoit tous ces jouets étranges venus d'ailleurs, le père Noël danse la polka dans la neige. « Ouf, je suis sauvé ! dit-il aux lutins alités. Les cadeaux sont là, je vais enfin pouvoir commencer ma tournée ! »

Il mélange alors tous les jouets dans la hotte, mélange et remélange. Comme ça, pas de risque que les enfants reçoivent les jouets qu'ils ont eux-mêmes fabriqués !

Le matin de Noël, les enfants se précipitent au pied du sapin ou du palmier décorés. Quelle surprise ! Les enfants des îles découvrent les cadeaux des enfants des villes, les enfants des montagnes s'émerveillent devant les jouets des enfants de la campagne.

Et pour la première fois, on voit des enfants des îles glisser sur les vagues avec des luges à remonter les pentes !

Et des enfants des montagnes chercher
des coquillages avec leurs cannes à pêche !

Devant ce spectacle, le père Noël se frotte les mains
près de son feu de cheminée :

« Pour un Noël réussi, c'est un Noël réussi ! s'exclame le
père Noël.

– Réussi ? ! » grimacent déçus les lutins dans leurs bols de bouillon.
Heureusement, l'année prochaine, tout rentrera dans l'ordre.
Les lutins seront rétablis. La varicelle, on ne l'attrape
qu'une seule fois dans sa vie !

Les santons de la boîte à chaussures

Il était une fois des santons qui s'ennuyaient tout au fond d'une boîte à chaussures. Ils avaient été achetés par une vieille dame il y a très, très longtemps, mais depuis des années, ils ne sortaient plus jamais de leur boîte.

Noël approchait et les santons espéraient encore mettre le nez dehors ! L'âne et le bœuf, Marie et Joseph, le berger et les moutons, tous rêvaient d'une belle crèche dans le salon.

Dans la maison, la famille s'activait : Victor écrivait une lettre au père Noël, sa maman faisait la liste des invités pour le réveillon, son papa cherchait une idée de cadeau... Mais personne ne se souciait d'aller ouvrir la vieille boîte à chaussures.

« J'en ai assez, dit un jour le berger, il y a forcément une solution pour sortir d'ici ! » Et pendant la nuit, il souleva le couvercle avec l'aide du bœuf qui était costaud, descendit le long des parois grâce à l'échelle du meunier et arriva bientôt sur l'étagère à chaussures. Il se glissa alors sans bruit dans une paire de baskets et attendit.

« Aïe ! Qu'est-ce qui me fait mal ? » se plaignit Victor le lendemain. Intrigué, il sortit d'une de ses baskets le berger pas très rassuré.

« Chouette, un bonhomme ! » Et Victor se mit à jouer avec le berger. Il lui fit conduire sa belle voiture de sport et le fit lutter contre son robot Turbotractor.

Le soir, sa maman fut très étonnée en trouvant dans la chambre de Victor, bien rangé à côté du robot et de la voiture de sport, le berger un peu fatigué de sa longue journée.
« Ça alors, mais comment est-il arrivé ici, ce petit santon ? » s'exclama-t-elle. Elle le saisit délicatement et le regarda longuement.
« Quand j'étais petite, c'était mon personnage préféré, dit-elle à Victor en souriant. Avec ta mamie, on faisait des crèches extraordinaires ! On froissait du papier rocher pour le décor, et on installait même une ampoule pour éclairer la grotte… »
Alors le lendemain, elle sortit la vieille boîte à chaussures du placard et installa avec Victor tous les personnages de la crèche : l'âne et le bœuf, Marie et Joseph, et bien sûr le berger et ses moutons.
La maman de Victor fut un peu surprise le soir venu. Il y avait deux nouveaux santons : Turbotractor et la voiture de sport ! « Ils veulent accompagner le berger, dit Victor. Et moi, je ne peux pas les empêcher… D'accord ? »

Le père Noël champion de sumo

Le père Noël entamait sa tournée de Noël au pays du Soleil levant… Tandis qu'il survolait les toits du Japon, il entendit des applaudissements. Il descendit un peu, se pencha par-dessus son traîneau. Il aperçut, alors, deux hommes énormes, qui se tenaient accroupis l'un en face de l'autre, dans un cercle… Ils étaient gigantesques et presque nus, portant une sorte de slip en tissu noué autour de la taille et un curieux chignon sur la tête. Le père Noël fut si surpris qu'il fit un écart, fut éjecté du traîneau, et tomba… pile au milieu du cercle, entre les deux géants accroupis.

Il se releva en se frottant le crâne. Autour du cercle, sur les gradins, il y avait des milliers de spectateurs, qui semblaient très en colère contre lui. Il commença à bredouiller : « Excusez-moi, je suis le père Noël... » Mais les gens paraissaient vraiment fâchés, et l'un des deux colosses s'approchait, l'air mauvais.

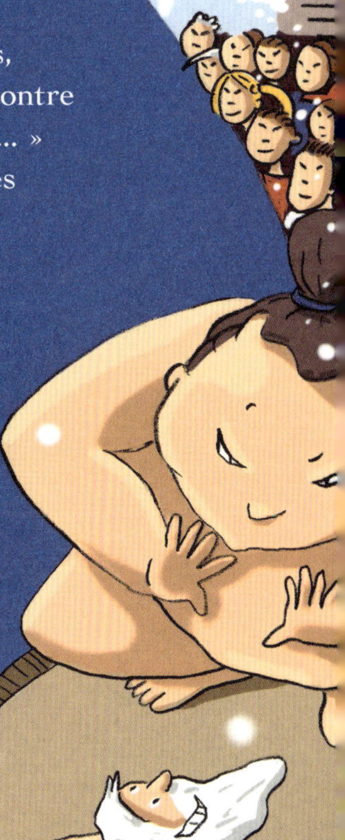

Le père Noël entendit alors une voix flûtée dans sa poche : c'était le lutin qui voyageait toujours avec lui, parce qu'il était très fort en géographie et parlait toutes les langues. Le lutin dit : « Père Noël, vous êtes tombé en plein combat de sumos... C'est un sport très important ici, plus sacré que Noël pour beaucoup de Japonais... » À toute vitesse, le père Noël réfléchit. La foule risquait de l'empêcher de partir. Comment allait-il continuer sa tournée ? Après tout, mieux valait gagner le combat : on laisserait alors partir le nouveau champion !
Il murmura au lutin : « En quoi consiste ce sumo ? »
Le lutin répondit : « Il s'agit de se pousser l'un l'autre en dehors du cercle... Le premier qui sort de la limite a perdu ! »

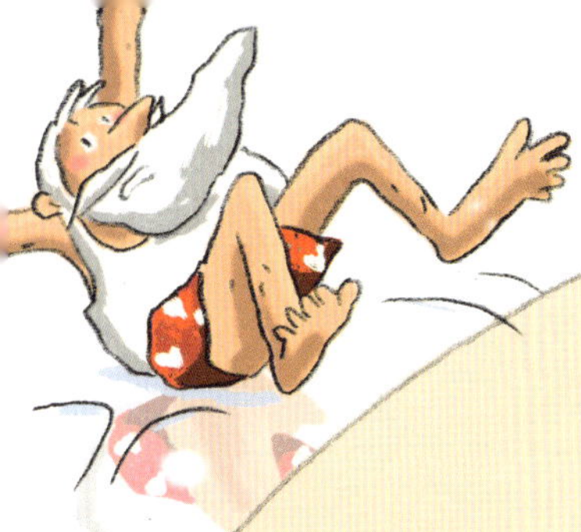

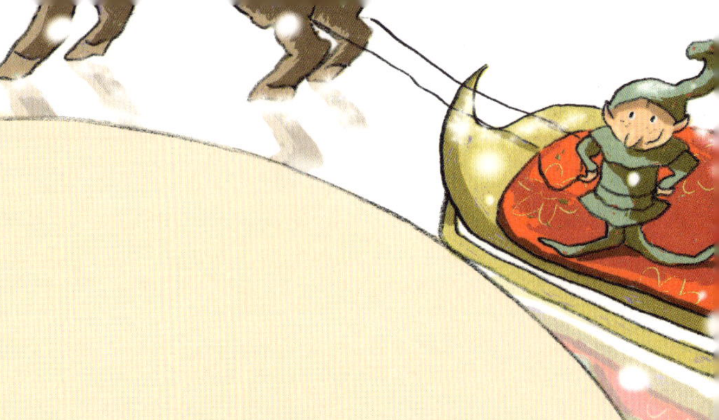

Alors, le père Noël enleva sa houppelande, son pantalon et ses bottes. Il était maintenant en caleçon rouge et en maillot de corps... La foule se mit à applaudir : ce vieil homme défiait le champion de sumo ! Le plus grand des deux géants se plaça en face de lui. Et la lutte commença. Le champion agrippait les bras du père Noël et poussait, tirait. Le père Noël luttait, luttait... Il pensait à sa tournée qui prenait du retard... Il poussait, tirait... Tout d'un coup, le champion l'attrapa comme une poupée, l'enserra dans ses bras, et le jeta hors du cercle. Malheur ! Il avait perdu !

Abasourdi, le père Noël entendit une formidable clameur depuis les gradins... Et le lutin jaillit de son manteau, pour lui dire : « Vous avez tenu un temps record face au champion ! Ils vous acclament, père Noël... »
Le lutin expliqua à la foule que le nouvel adversaire était très pressé et qu'il reviendrait l'an prochain pour le tournoi de décembre... Le lutin et le père Noël coururent vers le traîneau qui les attendait à la sortie. Mais ils durent revenir, parce que le père Noël avait oublié sa hotte, son pantalon et ses bottes ! Et sous les hourras du public, ils reprirent leur tournée à travers le monde.

L'album photos du père Noël

Au royaume du père Noël, Mastro et Lindo, les deux elfes de ménage, bavardent gaiement : « Heureusement que nous sommes là pour aider le père Noël. Vu son grand âge, il ne pourrait pas s'en sortir tout seul ! dit fièrement Lindo.
— Pourquoi, tu lui donnes quel âge, toi, au père Noël ? demande Mastro.
— Je ne sais pas… Je l'ai toujours connu avec sa barbe blanche. Tu crois qu'il a été bébé, comme tout le monde ? »
Mastro sourit mystérieusement et lui répond : « Viens avec moi, je vais te montrer quelque chose, mais… chut ! c'est un secret ! »
Les deux elfes traversent l'immense atelier des jouets : la chambre des doudous qui apprennent des câlins tout doux, la salle des vaisseaux spatiaux où ont lieu des essais de vols intergalactiques. Ils arrivent enfin devant une porte rouge. Mastro chuchote à son compagnon : « Viens avec moi dans cet endroit magique. C'est la chambre à secrets du père Noël ! »

Ils entrent à pas de loup dans une pièce sombre où l'on ne voit rien du tout. Mastro demande à haute voix de la lumière et l'album photos. Aussitôt, une lampe de chevet s'allume et un album photos s'agite et s'ouvre sur la première page.

Lindo s'exclame : « Mais ce petit bébé qui dort à poings fermés dans son berceau rouge est le père Noël ! »

Le petit enfant de la photo leur répond : « Eh oui, c'est bien moi, le père Noël, et je vais vous raconter mon histoire. »

Lindo est émerveillé, c'est la première fois qu'il voit un livre animé.

« Voici la fête d'anniversaire organisée pour mes cinq ans, continue le père Noël, j'étais très fier avec ma belle salopette rouge. »

L'album photos continue de tourner les pages, pour le plus grand bonheur de Lindo.

«Ici, j'avais vingt ans. Je n'avais pas encore un seul poil de barbe, et mes cheveux étaient tout roux. »
Et les images défilent inlassablement…
« Sur cette photo, j'avais trente ans, et un marteau à la main. Quand j'étais jeune, j'étais menuisier : je construisais des bancs, des chaises, des lits. Mais ce que je préférais fabriquer, c'étaient des jouets. J'étais vraiment très doué !
Et là, regardez le beau traîneau sur lequel je suis juché !
C'était moi le plus rapide à la course des rennes, mes animaux préférés, lance fièrement le père Noël.
— Et voici le plus mémorable des anniversaires.
À cette occasion, on m'a offert mon beau costume de… père Noël, évidemment. Et ainsi, termine-t-il en refermant l'album, un beau jour, j'ai décidé d'être père Noël, pour le bonheur des petits et des grands ! »

Le petit lutin et la lune en voyage

Il était une fois un petit lutin qui vivait tout seul au pôle Sud. Il s'ennuyait terriblement. Un soir, alors qu'il pleurait assis sur un iceberg, la lune apparut dans le ciel :

« Pourquoi pleures-tu, petit lutin ?

— Je m'ennuie tout seul. Madame la lune, emmenez-moi. »

La lune céda : « Monte sur mes épaules, je t'emmène dans la savane.

— Merci », s'écria le lutin.

La lune le déposa dans la savane. « Si tu veux que je revienne, dis mon nom trois fois, petit lutin. »

Et la lune disparut.

Un vent chaud soufflait et au loin une girafe dormait.

« Oh, je suis sûr que je ne m'ennuierai pas ici », s'écria le lutin.

Mais soudain, il entendit un rire sinistre et vit une énorme hyène prête à bondir sur lui.

« Lune, lune, lune, au secours ! » La lune apparut et le petit lutin sauta sur son dos avant de se faire croquer par l'hyène.

« Puisque la savane ne t'a pas plu, je t'emmène dans la jungle », dit la lune. Et ils s'envolèrent dans la jungle. « Si tu veux que je revienne, dis mon nom trois fois, petit lutin. » Et la lune disparut. Des gouttes d'eau tombaient des arbres et des singes sautaient de liane en liane.

« Oh, je suis sûr que je ne m'ennuierai pas ici », s'écria le lutin. Mais soudain, il entendit un sifflement au-dessus de lui. Il leva la tête et vit un énorme serpent prêt à l'engloutir.

« Lune, lune, lune, au secours ! »

La lune apparut et le petit lutin sauta sur son dos avant de se faire avaler par le serpent.

« Puisque la jungle ne t'a pas plu, je t'emmène à la montagne. »

Et ils s'envolèrent. La lune déposa le lutin en haut d'une montagne.

« Si tu veux que je revienne, dis mon nom trois fois, petit lutin. »

Et la lune disparut.

Il y avait de la neige, partout !

Soudain, le lutin entendit un grondement inquiétant et aperçut un énorme ours affamé.

« Lune, lune... » Mais... trop tard !

Il trébucha et tomba de la montagne avant d'atterrir, POUF, sur un épais tapis de neige.
Étourdi, il regarda autour de lui : au milieu d'une clairière de sapins se dressait une minuscule maison en bois, décorée de guirlandes et de branches de houx. De la musique et des rires s'échappaient des fenêtres éclairées. Et partout des lutins ! Certains emballaient des jouets, d'autres, plus coquins, faisaient de la luge au lieu de travailler et un gros bonhomme habillé de rouge attelait son traîneau déjà chargé de cadeaux. Trois lutins l'observaient d'un air curieux.
« Où suis-je ? Qui êtes-vous ? demanda le lutin.
— Tu es au pays enchanté du père Noël, expliqua l'un des lutins. Nous l'aidons à fabriquer les cadeaux pour les enfants. Veux-tu nous aider ? »
Fou de joie, le petit lutin appela : « Lune, lune, lune ! »
Celle-ci apparut, ronde et lumineuse dans le ciel.
« Que veux-tu encore, petit lutin ?
— Vous pouvez continuer sans moi, madame la lune. Ici, je serai heureux, merci ! »
Avant de s'éloigner, la lune sourit et souffla : « Joyeux Noël, petit lutin. »

Dispute chez le père Noël

« Père Noël, je m'en vais, j'en ai assez ! Je fais mes valises.
— Vous êtes bien rigolote, ma chère. Mais, à vingt jours de Noël, partir en voyage ne me semble pas une excellente idée !
— Je m'en fiche de Noël ! Je m'en vais, c'est tout ! J'en ai assez d'être exploitée, voilà ! Qui range et nettoie votre atelier après que Môssieur s'est bien amusé à fabriquer tous ses jouets ? C'est moi ! Qui lave et repasse les habits de Môssieur pour qu'il soit beau quand il descend voir les enfants ?

C'est moi ! Qui nourrit les rennes, les bouchonne, les caresse, leur raconte des histoires ? C'est encore moi ! C'est moi, c'est moi, c'est moi ! Et j'en ai plus qu'assez !

— Mais, ma douce…

— Et avec tout ça, jamais une petite surprise, jamais de petites attentions. Vous inondez les enfants d'innombrables cadeaux et pour moi, rien ! Mon anniversaire, par exemple ? Qu'est-ce que j'ai reçu pour mon anniversaire ? »

Le père Noël se gratte la barbe. C'était quand déjà, l'anniversaire de la mère Noël ?

« Oh ! ne cherchez pas la réponse dans votre barbe ! Rien, je n'ai rien reçu ! Et pour ma fête ? Rien ! La Saint-Valentin ? Rien non plus. Jamais de dîner aux chandelles, jamais de fleurs, rien, rien, rien ! »

Le père Noël est tout étourdi de tant de reproches.

« Et vous croyez que c'est agréable de passer tous ses Noëls toute seule, pendant que Môssieur joue les jolis cœurs sur son traîneau ? Et il ne vous est jamais venu à l'idée que, moi aussi, de temps en temps, j'aimerais faire un tour de traîneau ? »

Et la mère Noël s'enfuit dans sa chambre en pleurant.

Le père Noël convoque immédiatement tout le monde : « Mes amis, je vous ai tous réunis, parce que la mère Noël veut partir et il va falloir que vous m'aidiez à la retenir… »
Le soir venu, une petite elfe vient avertir la mère Noël qu'on l'attend pour dîner. Quand elle pénètre dans la salle à manger, elle croit rêver : on a dressé une table de fête, les lutins font le service et les rennes chantent en chœur et jouent de la guitare sur l'estrade. Le père Noël la conduit jusqu'à sa place. « Voilà, ma douce, ce soir, nous allons partager tous les deux le repas de Noël avant l'heure. Pardonnez-moi si je vous ai négligée trop longtemps. Sachez que je vous aime et que, sans vous, le père Noël ne serait qu'un pauvre homme bien triste. Désormais, je ferai plus attention à vous et vous couvrirai de cadeaux. »
La mère Noël rosit de plaisir. « Finalement, j'ai bien fait de l'épouser, ce père Noël ! »

Les mystérieuses fèves de Noël

Il y a fort longtemps, alors que personne ne connaissait encore le chocolat en Europe, la petite boutique de Fernando fut le théâtre d'une fabuleuse découverte. Fernando était espagnol et confiseur. Il fabriquait des bonbons à longueur de journée…
« Monchieur Fernando ! Monchieur Fernando ! » crie le facteur en entrant dans la confiserie. « J'ai un paquet pour vous ! »
Fernando sort de la cuisine les mains couvertes de sucre rose et le nez taché de caramel.

« Cha vient des Amériques ! » précise le facteur en chuintant de plus belle à cause de son petit cheveu sur la langue.
Fernando ouvre le paquet avec impatience. Sa sœur est partie aux Amériques il y a très longtemps et, à Noël, elle lui envoie toujours un cadeau, un souvenir de là-bas. Cette fois-ci, pourtant, le confiseur est un peu déçu.
Le paquet ne contient qu'un sac sur lequel est écrit « Fèves de cacao ». Il est rempli de grosses graines marron foncé, irrégulières et pas très jolies.
Heureusement, la sœur de Fernando a glissé une carte dans le paquet. En la lisant, le confiseur retrouve le sourire : c'est une recette de cuisine !
« Qu'est-che que ch'est ? demande le facteur avec curiosité.
— Attendez-moi là » répond Fernando en retournant dans sa cuisine, le mystérieux paquet de graines sous le bras.
Lorsqu'il revient enfin, après deux bonnes heures, le facteur est profondément endormi sur une chaise. Fernando lui glisse sous le nez une assiette garnie de petites boules marron.
« Chnif ! Chnif ! » fait aussitôt le facteur en remuant le nez et en se réveillant complètement.
« Cha chent très bon !

— Goûtez ! » l'invite Fernando en lui tendant l'assiette.
Le facteur hésite un instant. C'est la première fois qu'on lui propose des bonbons marron et cela ne le tente pas beaucoup. Par politesse, il se sert pourtant, croque avec prudence dans une petite boule et… sourit de toutes ses dents.
« Mais ch'est délichieux ! Comment cha ch'appelle ?
— Ma sœur m'écrit que, là-bas, aux Amériques, ils appellent cela le *xocolatl.* »
Pauvre facteur ! Voilà un mot bien difficile à dire quand on a un cheveu sur la langue.
« Le *chocolatl* ? essaye-t-il de prononcer.
— Non, *xocolatl,* corrige Fernando.
— *Chocolat* ? »
Fernando le regarde en riant : « Vous avez raison, c'est plus facile ainsi. Nous l'appellerons le chocolat et ce sera ma nouvelle friandise de Noël ! »

Les rennes en Australie

Ce soir, c'est Noël et, en Australie, Nanguk le petit aborigène attend l'événement avec impatience ! Soudain, on frappe à la porte de la hutte : c'est le père Noël ! Il est en sueur et il a l'air bien embêté : « Mon petit Nanguk, dit-il, il faut m'aider ! Ici c'est l'été et mes rennes ont trop chaud, ils ne veulent plus tirer le traîneau et sont au café où ils se rafraîchissent en buvant des limonades ! Il faut les remplacer avant minuit, sinon personne n'aura de cadeaux ! »
Nanguk décide d'aller voir ses amis les animaux. Il se rend d'abord chez le koala :
« Dis-moi, Koala, pouvez-vous, toi et tes amis, aider le père Noël ?

— Hélas ! mon petit Nanguk, lui répond le koala, nous vivons dans les arbres, sur terre nous courons très mal, si nous tirons le traîneau du père Noël, les cadeaux ne seront pas livrés avant l'an prochain ! »
Nanguk demande alors au voisin du koala, l'oiseau kookaburra, mangeur de serpents.
« Hélas ! mon petit Nanguk, lui répond ce dernier, nous ne savons que voler, et le harnais du père Noël nous empêcherait de déployer nos ailes ! Tu aurais pu demander à l'émeu, mais il est en vacances en Afrique, chez sa cousine l'autruche, c'est trop bête ! »
Nanguk, ne perdant pas courage, quitte les arbres et se rend à la mare, où vit l'ornithorynque. Il lui pose la même question.
« Hélas ! mon petit Nanguk, avec mes pattes palmées, je nage très bien, mais sur terre c'est plus difficile, lui répond l'ornithorynque. Tu aurais pu demander à mon ami le diable de Tasmanie qui est venu me rendre visite pour les fêtes, mais il a si mauvais caractère qu'il ne voudra sûrement pas t'aider ! »
Nanguk quitte la mare et se rend enfin dans le désert, où il trouve le scorpion.
« Hélas ! mon petit Nanguk, nous sommes trop petits pour tirer le traîneau du père Noël. Même si nous nous y mettions tous, il ne pourrait livrer qu'un seul cadeau à la fois ! »

Cette fois, Nanguk perd courage. Il s'assoit sur un rocher et commence à pleurer : « Cette année, personne n'aura de cadeaux ! » sanglote-t-il. Sur ces entrefaites arrive le lézard.
« Ne pleure pas, mon petit Nanguk, nous non plus ne pouvons pas t'aider, mais pourquoi ne vas-tu pas voir le kangourou ? »
Le visage de Nanguk s'illumine : « Mais bien sûr ! Le kangourou, comment n'y ai-je pas pensé plus tôt ! »
Nanguk se précipite vers la forêt, où habite le kangourou. « Bien sûr que je peux t'aider, lui dit ce dernier, tu aurais dû venir me voir tout de suite ! »
Et c'est ainsi que cette année en Australie, le père Noël est arrivé dans un traîneau tiré par six magnifiques kangourous !

Un Noël dans une drôle de famille

Plus que huit jours avant Noël, mais Jérémie et Matthieu n'ont le cœur à rien. Même leur amie Julie n'arrive pas à les distraire.

« Hé, les deux grognons, c'est quoi cette tête de cochon ?

— Cette année, on sera juste avec nos parents pour Noël, dit Jérémie. D'habitude, on est au moins quinze à table !

— Nous aussi, soupire Julie. Mais mon père travaille le 24 et le 26. On ne peut pas partir dans le Sud. »

Jérémie s'exclame : « Vous n'avez qu'à passer le réveillon avec nous. » Julie rosit de plaisir.

« C'est une idée géniale, mais alors, c'est nous qui apportons la bûche ! »

Quand la cloche retentit, les trois amis courent voir Lili, à la pâtisserie.

« Bonjour, Lili, dit Julie. Une bûche pour sept, pour Noël, c'est possible ?

— Bien sûr, dit Lili. Ça va être gai chez vous.

— Ce sera super ! Et toi, tu fais quoi ? demande Matthieu.

— Rien de spécial. Je travaille tellement tard que je ne peux inviter personne.
— Eh bien, cette année, tu dînes avec nous », dit Jérémie.
Julie et Matthieu le regardent, médusés.
« Les parents, j'en fais mon affaire, dit Jérémie en souriant à Lili.
— Vous êtes des amours, dit Lili, ravie. J'apporterai des macarons et plein de bonbons ! »

Dans la rue, les trois amis chantent Petit papa Noël à pleins poumons.

Monsieur Amédée, l'épicier, les regarde, amusé : « C'est bientôt Noël, hein ?
— Oui, dit Julie, et cette année ce sera extraordinaire.
— Vous en avez de la chance. Moi, je ne ferai rien de spécial », soupire Amédée tout gêné.

Les amis se regardent. Puis ils s'exclament en chœur :
« Venez réveillonner avec nous ! Nos parents sont d'accord !
— Vous êtes trop gentils, dit l'épicier d'une voie enrouée. J'apporte la dinde aux marrons. Pour combien de personnes ?
— Quinze, dit Matthieu, l'air très sérieux. On trouvera certainement d'autres invités surprise d'ici là, non ? »

Et finalement, Matthieu ne se trompait pas. Au début, ses parents ont fait une drôle de tête et puis, eux aussi, ils ont invité des gens qui étaient tout seuls.

Aidés par Maman, les garçons ont dressé une table de roi et les invités sont venus les bras chargés de paquets.

Ce fut un soir de Noël vraiment enchanté.

Patience le lutin

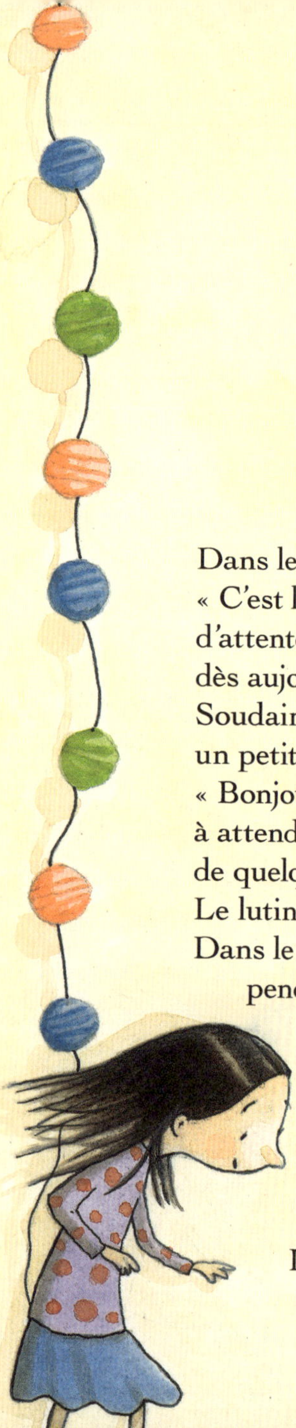

Dans le salon, Manon tourne en rond comme un tourbillon :
« C'est long ! C'est trop long ! Il reste sept jours avant Noël, sept jours d'attente interminable… Pourquoi donc le père Noël n'arrive-t-il pas dès aujourd'hui ? Il ne comprend pas que les enfants sont impatients ? »
Soudain, aux pieds de Manon, dans une fente du parquet, apparaît un petit lutin souriant…
« Bonjour, Manon, je m'appelle Patience. J'aide les enfants trop pressés à attendre Noël. Je vais te montrer pourquoi le père Noël a besoin de quelques jours encore pour se préparer ! »
Le lutin Patience jette en l'air une poignée de poudre d'or.
Dans le nuage doré, Manon voit le père Noël assis à son bureau, penché sur de lourds dictionnaires…

« Que fait-il ? demande Manon.
— Il finit de traduire les lettres des enfants. Il ne faut pas qu'il se trompe de cadeau !
— Il en a pour longtemps ?
— Il a presque fini, répond Patience. Mais ensuite, il fabriquera les cadeaux. Regarde ! »
Le lutin lance une nouvelle poignée d'or.

Le père Noël a enfilé un joli tablier.
Il rabote du bois, sculpte du plastique,
fond du métal, coud des vêtements…
« Oh ! s'exclame Manon. Il fabrique tout lui-même ?
— Bien sûr, répond Patience.
— Et après ? »
Une nouvelle pincée de poudre dorée.
Cette fois le père Noël est en train d'emballer les jouets.
Manon fronce les sourcils : « Les paquets ne sont
pas très utiles ! On pourrait gagner du temps !
— Comment ? s'exclame Patience. Sans papiers ni
rubans, il n'y aurait pas de jolis cadeaux !
Ce ne serait pas Noël ! Regarde plutôt la suite… »
Un nouveau nuage de poudre fine, voici le père Noël
en train de nettoyer son atelier : il balaie le plancher,
range ses rouleaux de papier cadeau, aligne ses outils
sur l'établi, pour retrouver chaque objet à sa place
l'année prochaine…

« Il part maintenant ? demande Manon.

— Pas encore, il faut qu'il se repose. Il va dormir une journée entière, parce que pendant toute la nuit de Noël il va voyager et escalader les cheminées. Et il n'est plus très jeune ! Et maintenant, une dernière poignée de poudre… »

Dans la pluie d'or, Manon voit le père Noël nourrir ses rennes avant de les atteler à son traîneau.

« Oh, Patience, s'il te plaît, montre-moi la suite ! J'aimerais tant voir l'arrivée du père Noël chez moi ! »

Dans un éclat de rire, le lutin jette en l'air une autre poudre, noire comme de la suie, obscure comme de la cendre… Manon a beau écarquiller les yeux, elle ne voit pas le père Noël à travers ce nuage-là.

« Le père Noël est dans ta cheminée, Manon, mais il y fait très sombre ! De toute façon, je ne peux pas te montrer les cadeaux que le père Noël t'apporte. Tu les découvriras dans sept jours. Sois patiente, je ne m'appelle pas Patience pour rien ! »

Le sapin chatouilleux

Dans la forêt, il y avait un jeune sapin extrêmement chatouilleux. Les oiseaux ne pouvaient pas se poser sur ses branches ; les écureuils ne pouvaient pas cueillir ses pommes de pin… Car, alors, l'arbre se mettait à frissonner, à gigoter et à glousser ; il agitait ses branches en tous sens : « Arrêtez, vous me chatouillez… » Et les écureuils et les moineaux se retrouvaient les quatre fers en l'air, et le nez dans la terre !

Un jour de décembre, des bûcherons arrivèrent. Ils se crachèrent dans les mains, et se mirent à scier, scier… Une fois, pendant qu'ils coupaient un des arbres, ils entendirent un drôle de gloussement :

« Hi hi hi… Arrêtez, vous me chatouillez… »

Ils se grattèrent la tête et se dirent qu'ils avaient rêvé.

Et ils terminèrent leur travail.

À la ville, un homme acheta le jeune sapin, le ramena chez lui et ses deux garçons se mirent à le décorer. Mais chaque fois qu'ils accrochaient une boule quelque part, une guirlande glissait ailleurs. On aurait dit que les branches ne supportaient pas le contact des bougies et des étoiles de papier ! Elles les projetaient en l'air, ou par terre…

Au bout de deux heures, les garçons n'avaient toujours pas réussi à installer la moindre décoration.

« Hi hi hi », fit le sapin chatouilleux. « Arrête de te moquer de moi », cria le plus grand des garçons au plus jeune. « C'est toi qui as rigolé », protesta ce dernier. Ils se disputèrent un moment.

Puis ils réessayèrent de décorer le sapin. De nouveau, les boules volèrent et les guirlandes tombèrent ! Le petit arbre était désolé, mais il ne pouvait résister…

Finalement, l'aîné des enfants dit : « Tant pis, plaçons ce sapin capricieux comme ça, sans décorations, près de la cheminée… »
Or, pendant la nuit, l'arbre, qui était chatouilleux mais gentil, poussa tant sur ses branches que des pommes de pin mûrirent, aussi grosses et dorées que des boules de Noël. Il tendit si bien ses épines par la fenêtre qu'il réussit à recueillir un peu de neige, et les flocons lui firent comme des guirlandes de givre… Des lucioles qui dormaient dans la cheminée, intriguées, vinrent tourner autour de lui, pour le voir si joli ; et les insectes se mirent à luire d'admiration !
Le sapin leur glissa : « Hi hi hi ! Surtout, ne me touchez pas ! »
Il était maintenant tellement scintillant qu'une petite étoile se laissa glisser du ciel, par la fenêtre, pour descendre frôler son sommet.

Au matin, le plus chatouilleux des sapins de Noël, les lucioles qui tournoyaient et l'étoile qui voletait au-dessus étaient prêts, et tous, ils attendaient les cadeaux qu'on mettrait à leurs pieds…

La sorcière de Noël

Il était une fois un petit gitan appelé Matéo. Avec ses parents, il vivait sur les routes, parcourant les pays et s'arrêtant ici et là pour donner des spectacles. Un hiver, la neige encombrait tant les chemins que leur roulotte resta bloquée dans un village, tout au nord de l'Italie. C'était la veille de Noël. Matéo décora son petit sapin et suspendit, à la porte de sa roulotte, la chaussette de laine où le père Noël viendrait déposer ses cadeaux. Mais quand, au matin, il courut vers sa chaussette, elle était vide ! Matéo se laissa tomber dans la neige en pleurant. Il se sentait si seul. Il n'avait pas d'ami et même le père Noël l'oubliait !

Il entendit alors une drôle de voix grinçante : « Pourquoi pleures-tu, mon garçon ? »
Devant lui se tenait une très vieille dame couverte de haillons noirs, avec un chapeau pointu sur la tête et un gros sac sur le dos. Elle avait un menton crochu, des doigts griffus et une verrue sur le nez. Elle faisait peur à voir ! Pourtant, Matéo ne regarda ni ses haillons, ni ses griffes, ni ses rides, mais juste ses yeux malicieux.
« Je pleure parce que je n'ai pas d'ami. Les autres enfants ne jouent jamais avec moi. Ils me fuient ou se moquent de moi. » Le visage de la vieille dame s'éclaira d'un grand sourire. « Je t'ai entendu, Matéo » dit-elle, puis elle disparut.
Comment connaissait-elle son nom ? Pourquoi avait-elle disparu comme par magie ? Ce devait être un rêve !

Matéo partit vers la forêt qui bordait le village. Soudain, une boule de neige atterrit sur son bonnet. Il se retourna et vit une petite fille aux longs cheveux bouclés : « Je m'appelle Luciana, j'habite seule dans la forêt avec mes parents. Tu veux jouer avec moi ? »
Quand, un peu plus tard, Matéo raconta à Luciana que le père Noël l'avait oublié, la fillette éclata de rire : « C'est normal ! Ici, en Italie, ce n'est pas le père Noël qui passe, mais la Befana !
— La Befana ?
— Oui, c'est une vieille sorcière. Tout le monde a peur d'elle car elle est très laide. Elle porte un gros sac rempli de charbon qu'elle distribue aux enfants capricieux. Mais moi, je l'aime bien, elle m'apporte toujours de jolis cadeaux. »
Matéo sut alors qu'il s'était trompé. Cette année, il avait reçu pour Noël le plus beau cadeau dont il pouvait rêver : une amie. Et de ce jour où il rencontra la Befana, il ne se sentit plus jamais seul au monde.

L'importante mission de Rodolphe

« Boule de neige de boule de neige, par les bois de mes rennes, je ne vois même pas le bout de mes bottes, ni la pointe de ma barbe, disait le père Noël un matin de décembre. Le soleil a oublié de se lever, ou quoi ? »

En effet, en ce matin de Noël, il neige si fort au pôle Nord qu'on ne mettrait pas un chat dehors, surtout pas un renne, encore moins un père Noël.

« Il faut pourtant bien que j'aille distribuer les cadeaux ! Mais comment faire ? »

Le père Noël va dans l'écurie, où les rennes dorment encore bien au chaud. Il réveille tout ce beau monde à grandes volées de clochettes : « Les amis, nous avons un sérieux problème : dehors, on n'y voit pas plus loin que le bout de son nez ou de son museau, et je ne vois pas comment nous allons pouvoir nous diriger dans cette tempête de neige ! »

Le premier renne répond que ça tombe bien, pour une fois on va passer Noël en famille, à la maison, bien au chaud, avec des tartines et du vin chaud !

« Hors de question : le travail du père Noël, c'est de livrer les cadeaux, qu'il pleuve, qu'il neige ou qu'il vente, ou les trois en même temps ! »
Le deuxième renne, qui a été scout dans sa jeunesse, propose de se diriger à la boussole.
« Et comment tu vas la voir l'aiguille de ta boussole dans cette tempête, gros malin ? »
Le troisième renne demande si un papa n'a pas commandé un GPS pour sa voiture, qu'on pourrait installer sur le traîneau du père Noël.
« Et qu'est-ce qu'on lui donnera, à ce brave homme ? Un GPS tout déglingué et couvert de neige ? Je vous signale que ça se branche sur une batterie, ce truc GPS, et jusqu'à preuve du contraire, il n'y a pas de batterie sur mon traîneau, puisque c'est vous qui le tirez !
— Et Rodolphe, on n'a qu'à prendre Rodolphe et le mettre tout devant ! Avec son nez rouge et sa vue de lynx, il va nous guider jusqu'aux cheminées des enfants ! »

Rodolphe est le plus petit des rennes. Il a un nez rouge parce qu'il est souvent enrhumé, et, il faut bien l'avouer, parce qu'il aime beaucoup les chocolats à la liqueur !

« Bonne idée, allez me chercher Rodolphe ! »

Les rennes ont du mal à tirer Rodolphe de la paille chaude, mais quand le père Noël lui fait part de la mission d'importance qui repose sur ses épaules, il est tout fier et tout content.

« Je vais vous guider tous, moi, le petit renne, youpi ! »

Il enfile sa tenue de compétition : combinaison de ski intégrale, masque avec vision panoramique, bonnet avec visière intégrée, et le voilà prêt à affronter la tempête.

Et c'est ainsi qu'en ce Noël tourmenté, un petit renne au nez rouge sauva la tournée du père Noël !

Le sapin des castors

Les castors regardaient tristement le torrent gelé. Il avait fait si froid cette année que des blocs de glace empêchaient l'eau de couler. Les castors n'avaient plus rien à faire.

« Grand castor, on s'ennuie ! Qu'est-ce qu'on pourrait bien faire ?

— C'est bientôt Noël, dit la petite voix du bébé castor Victor. On pourrait aller chercher un sapin dans la forêt et le décorer !

— Mais c'est une très bonne idée », dit Grand castor.

Et une heure après, toute la tribu des castors était prête, raquettes aux pattes, bonnets sur la tête, et se mettait en route, à la recherche d'un sapin. Mais aucun ne leur plaisait : « Trop petit ! Trop grand !

Trop jaune ! Trop bleu ! Trop touffu ! »
Il y avait toujours quelque chose qui n'allait pas.
Mais soudain, tous les castors s'arrêtèrent, bouche bée, devant un magnifique sapin vert, le plus majestueux de toute la forêt.
« Il est superbe ! dit Grand castor. Bon, Igor, à tes quenottes. Tu nous le découpes clair, net et sans bavures ! »
Tac, tac, tac, Igor essaya, mais l'écorce était trop dure.
« Je n'y arrive pas, c'est comme si ce sapin était en fer !
— Pousse-toi de là, freluquet, dit Fédor, je ne vais en faire qu'une bouchée de ce sapin, moi ! »
Et Fédor s'attaqua au tronc du sapin, mais sans plus de succès.
Soudain, une voix retentit dans la forêt :
« Vous n'en avez pas assez de me mordre ! Ça commence à m'énerver ! Un coup de dents en plus dans ma belle peau, et je vous envoie une rafale de pommes de pin, compris ?
— Qui parle ainsi ? demanda Grand castor, un peu inquiet.
— C'est moi, le sapin parlant de la forêt.
— Un sapin qui parle ! Nous avons trouvé un sapin magique ! Quelle chance ! s'écria le petit Victor.

— Oui, mais il n'a pas l'air de vouloir qu'on le découpe et qu'on l'emporte à la maison, chuchota Grand castor. Et je ne tiens pas à me faire assommer par une pluie de pommes de pin !

— Je sais ! Je sais ! cria le petit Victor. Si le sapin ne veut pas bouger, c'est nous qui allons venir ! On va installer nos tentes autour de lui et fêter Noël ici !

— Excellente idée, Victor ! dit Grand castor. Monsieur sapin, cela vous dirait de passer Noël en notre compagnie ?

— J'accepte avec plaisir votre invitation. Cela me changera des Noëls précédents, où j'étais le seul à parler ! »

C'est ainsi que tous les castors montèrent leurs tentes autour du sapin qu'on décora de pommes de pin et de serpentins en copeaux de bois. On fit un grand feu, on y grilla des saucisses, on chanta. Grand castor raconta des histoires de castors et le sapin, des histoires de sapins. « C'est assurément le plus beau Noël qu'on ait jamais eu, de mémoire de castors et de sapins réunis », dirent-ils en chœur.

Le baobab et la forêt de sapins

Un jour, dans un coin reculé d'Afrique, Komi reçut une carte postale avec la photo d'un arbre de Noël merveilleusement décoré.
« Maman, je voudrais le même pour Noël ! demanda-t-il en montrant sa carte.
— Je n'en ai jamais vu d'arbre semblable, répondit-elle. Va voir le chef, peut-être sait-il ce que c'est. »
Komi alla trouver le chef du village.
« Grand chef, demanda-t-il, je voudrais cet arbre pour Noël ! »
Le chef regarda la carte avec attention et dit :
« Je n'en ai jamais vu par ici. Demande au sorcier, peut-être sait-il ce que c'est ? »

Komi vit le sorcier, l'ancien, le guerrier, le postier… Sans succès. Personne ne connaissait cet arbre. Découragé, il s'assit au pied d'un baobab, sa carte postale à la main.

« Il est bien joli, ton sapin. »

Komi leva les yeux, étonné.

« Eh oui ! C'est moi qui te parle, dit le baobab en riant.

— Vous connaissez tous les arbres ? demanda l'enfant plein d'espoir.

— Je crois que oui, répondit fièrement le baobab. Après tout, nous sommes tous un peu cousins.

— Je voudrais un sapin pour Noël. Où puis-je en trouver un ? »

Le baobab réfléchit.

« Les sapins ne poussent pas dans le désert, dit-il. Mais demande au vent. Il pourra sans doute t'aider. »

Ragaillardi, Komi grimpa dans le baobab et s'adressa au vent :

« Ô toi, le vent ! Je voudrais un sapin pour Noël !

— Houhouhouhou ! » répondit le vent.

Satisfait, Komi rentra chez lui et attendit.

Peu après, un vent glacial souffla sur le village. Tous les habitants se mirent à claquer des dents de froid. Komi grelottait, lui aussi, mais il souriait : le vent transportait de minuscules graines qu'il déposa à côté du baobab.

Quelques semaines plus tard, un vent chargé d'humidité souffla sur le village. Tous les habitants dégoulinaient de pluie. Komi ruisselait, lui aussi, mais il souriait : le vent apportait des nuages qui arrosaient abondamment la terre à côté du baobab.
Puis, le vent s'en alla et les nuages avec lui. Il ne resta plus dans le ciel que le soleil qui chauffait.
Satisfait, Komi rentra chez lui et attendit.
Bientôt, le baobab vit apparaître à côté de lui des arbres minuscules.
À Noël, une forêt de sapins lui tenait compagnie.
Alors, Komi appela tout le village pour que chacun choisisse un sapin.
Et comme il n'y avait ni boules ni guirlandes, on inventa mille décorations : personnages en papier d'aluminium, calebasses peintes, tresses de laine…
Lorsque le vent repassa dans la région, il souffla d'admiration : jamais il n'avait vu d'aussi beaux sapins de Noël.

Le labrador qui voulait être un renne

« Ouarf, ouarf !» Le labrador Gustaf aboie tristement. Il a sa brave gueule sinistre de décembre ; sa queue pendouille comme une serpillière, et ses oreilles tombent si piteusement qu'on dirait deux vieux chiffons trempés. Et c'est comme cela chaque année ! Depuis sa naissance, Gustaf garde l'enclos des rennes du père Noël, quelque part dans l'immense et glaciale Laponie. Depuis des siècles, il voit son maître atteler ses huit protégés à son traîneau, la veille de Noël… Lui aussi, rien qu'une fois, il aimerait tellement planer au-dessus des toits enneigés ! Il voudrait tant être le premier chien volant à grelots !

Mais cette année, au pôle Nord, décembre ne se déroule pas comme d'habitude.
Un midi, par exemple, le père Noël sort dans le froid en simples bras de chemise.
Il bougonne : « Personne n'a vu mon gilet en peau ? »
Deux jours plus tard, c'est la mère Noël qui bat les étables : « Où ai-je pu ranger nos beaux sabots vernis ? »
Un autre matin, des « hi-han » scandalisés réveillent toute la maison :
pendant la nuit, quelqu'un a volé le toupet noir et touffu que l'âne Grison portait au bout de sa queue.
Et dans le vent, le surlendemain, le chêne gémit qu'on lui a dérobé quelques branches !
« Vraiment, cela ne tourne pas rond, se dit le père Noël. Et en plus, voilà que Gustaf a disparu ! »
Finalement, le soir du grand jour, le père Noël entre dans le corral, pour préparer ses bêtes : il brosse leur fourrure lustrée, cire leurs bois fiers. Il vérifie leurs sabots, examine leurs dents… Mais soudain, il sourit et dit : « Je crois que, cette année, je vais atteler un neuvième renne. » Les autres rennes sursautent et se retournent, stupéfaits. Dans un coin de l'étable, il y a un neuvième animal, court sur pattes ; ses sabots sont clairs et vernis ; ses bois ressemblent à des branches dégarnies, et il porte sur le menton une barbiche de crin noir.

Le père Noël, un fin sourire aux lèvres, attelle tout son monde, puis il saute sur son traîneau et s'écrie : « En avant, les amis ! » Alors, l'étrange renne à la barbiche noire est si content, si fier, qu'il remue la queue en lançant un joyeux…
« Ouarf, ouarf, ouarf ! » Oups… La gaffe ! Gustaf s'est trahi ! Il met sa patte devant sa gueule. Mais dans ce mouvement, le gilet de peau glisse de son dos. Les branches du chêne, mal attachées sur son crâne, tombent lamentablement. À ce moment, un immense éclat de rire secoue le père Noël et les rennes. « Allons, Gustaf, nous t'avions reconnu ! Mais tant d'efforts méritent bien une récompense ! »

Et si vous écoutez très attentivement, vous reconnaîtrez, certaines nuits de Noël, au milieu des grelots qui tintinnabulent dans le ciel, la voix enrouée du premier labrador volant de Noël :
« Ouarf, ouarf, ouarf, je vole, les gars, je vole ! »

Les petits flocons enchantés

Sur l'étendue blanche du Grand Nord, un petit point noir file comme le vent. C'est Kilia, l'Esquimaude, sur son traîneau. « Cours, Flocon ! » crie-t-elle à son chien. Elle pense au mot qu'elle a laissé à ses parents avant de quitter l'igloo : « Ne vous inquiétez pas, je pars chercher la maison du père Noël. »

Tous les ans, Kilia veille la nuit du 24 décembre pour rencontrer le père Noël. Mais chaque fois, elle s'endort. Cette année, ça ne se passera pas comme ça !

Toute la journée, Flocon court à perdre haleine. Kilia scrute l'immensité à la recherche d'un petit toit sombre. En vain. Et peu à peu, la nuit tombe et la tempête se lève.
« Cours, Flocon ! » encourage à nouveau la fillette. Mais soudain, le traîneau se renverse et l'attelage se casse. « Tant pis, continuons à pied ! » Kilia se met en marche, ses bottes s'enfoncent dans la poudreuse jusqu'aux cuisses. Elle avance de plus en plus lentement… puis plus du tout. Il y a trop de neige. Elle ne sait même plus où elle va. « Nous sommes perdus, Flocon ! » sanglote-t-elle.
Autour d'elle, des milliers de flocons virevoltent dans la nuit. « Nous sommes perdus, petits flocons » répète Kilia en pleurant. Mais tout à coup, il lui semble que les flocons deviennent transparents et qu'ils dansent différemment. Alors la fillette reprend : « Aidez-nous, petits flocons. »
Aussitôt, les étoiles de givre s'arrêtent de tomber et flottent autour d'elle en formant une ronde. Au centre de chaque étoile, Kilia voit surgir une minuscule fée ailée.

Et bientôt, la voici entourée de milliers de fées de la neige aux ailes virevoltantes. Qu'elles sont belles !

La ronde des fées se rapproche de Kilia et, tout doucement, la soulève dans les airs. La fillette se laisse porter dans la nuit en tenant son chien serré entre ses bras.

Boum ! D'un seul coup, les fées les ont lâchés. Kilia et Flocon sont tombés sur un gros tas de neige. Au sommet, un trou laisse échapper un léger panache de fumée. « Mais c'est la maison du père Noël ! J'avais oublié qu'elle est couverte de neige… La seule entrée, c'est donc la cheminée. » Et aussitôt, Kilia s'engouffre dans le trou.

C'est ainsi que cette nuit-là, elle fit la rencontre du père Noël. Ce qu'ils se sont dit, nul ne le saura jamais. Mais lorsque le père Noël raccompagna la fillette chez elle sur son traîneau, elle avait de telles étoiles qui dansaient dans les yeux que ses parents n'eurent pas le cœur de la gronder…

Les dindes en Amérique

Roberta et Capucine, les dindes jumelles, vivaient dans un enclos fermé, avec des milliers de dindons, de pintades et de chapons... Mais ce jour-là, Capucine apprit que le fermier s'apprêtait à les vendre, pour le repas de Noël !

« Ce n'est pas une vie, râla Roberta.

– Nous méritons mieux, glousse Capucine. Partons en Amérique, c'est le pays de la liberté. »

Le lendemain, les deux dindes prirent un avion pour les Amériques.

Elles y croisèrent un cow-boy, qui surveillait son troupeau.

« Bonjour », dirent Roberta et Capucine. Le cow-boy dit en mâchonnant : « Tiens, je mangerais bien une dinde, pour Thanksgiving... » Et il sortit son grand lasso. Heureusement, Roberta et Capucine réussirent à passer à travers le nœud coulant...

Elles évitèrent désormais les cow-boys et les fermes, et décidèrent de vivre avec les Indiens et les bisons dans la forêt du nord.
Au milieu d'un campement de tipis, il y avait une sorte de statue, un totem… Sculptée sur le totem, Capucine crut reconnaître… une dinde. Elle dit à Roberta : « Regarde, les Indiens nous adorent comme des dieux… Ils ne nous mangeront pas, eux ! »
Et les deux dindes se présentèrent donc devant le grand sachem, Castor Mouillé, qui portait une magnifique coiffure, faite de milliers de plumes… Il leur dit : « Hugh », et Roberta prit la parole. « Grand sachem, dit-elle, les visages pâles veulent nous manger pour Noël et les cow-boys pour Thanksgiving. C'est pourquoi nous sommes venues ici, pour te demander l'hospitalité. » Le grand sachem répondit quelque chose qui avait l'air aimable. Toute la tribu semblait vraiment ravie de les voir.
Mais à ce moment-là, Roberta tapa sur l'épaule de sa sœur. « Dis donc, Capucine… la dinde sur le totem, on dirait plutôt un aigle… »

Elle s'aperçut également qu'une squaw les regardait d'un air gourmand en préparant une marmite pleine de légumes...
Roberta se tourna vers Castor mouillé, et lui déclara solennellement : « Hugh, Grand sachem, ma sœur de sang et moi devons quitter immédiatement le camp... » Le grand chef poussa un rugissement furieux : « Depuis des siècles, les hommes rouges mangent leurs sœurs dindes... » Aussitôt, Roberta et Capucine se mirent à courir et se réfugièrent sur les branches d'un arbre. Elles y passèrent la nuit. Le lendemain matin, Roberta dit : « Cela faisait longtemps que je n'avais pas dormi comme ça ! » Et Capucine renchérit : « Hmmm... Ça sent la myrtille, dans les buissons.
Tu vois, j'avais raison : l'Amérique, c'est vraiment le paradis ! »
C'est ainsi que Roberta et Capucine s'installèrent dans la forêt et vécurent au milieu des trappeurs et des caribous où elles fêtèrent beaucoup, beaucoup de Noëls.

Pas de souliers devant la cheminée

Il était une fois, dans un petit village, un cordonnier du nom de Jean. Il adorait faire des chaussures, les réparer, les ressemeler, les lustrer. Il travaillait si bien que les villageois se contentaient d'avoir une seule paire de souliers qu'ils gardaient longtemps : ils les déposaient le soir et revenaient les chercher à l'aube, réparés et cirés.

Jean avait un fils, Pierre, qui aidait souvent son père au magasin.
Et Pierre aimait faire des petites blagues aux clients qui venaient rechercher leurs chaussures :
« Bonjour, monsieur Coropied, voilà vos escarpins rouges !
— C'est quoi cette histoire ! Je ne porte pas de chaussures de femme, moi, seulement mes bons gros godillots de montagne !
— C'était une blague, monsieur Coropied. Voilà vos godillots et à bientôt ! »

À l'approche de Noël, Pierre eut une idée qu'il trouva grandiose : s'il gardait toutes les chaussures de tous les habitants du village chez lui, lorsque le père Noël passerait, c'est chez lui qu'il viendrait livrer tous les cadeaux ! Et Pierre aurait les surprises de tout le monde pour lui tout seul !

Le lendemain, deux clients vinrent chercher leurs souliers : « Non, désolé, Papa dort encore. Repassez plus tard », répondit Pierre. Et à une autre dans l'après-midi : « Non, désolé, Papa n'a pas eu le temps de finir son ouvrage. Revenez. »

Sa réponse fut la même pour tous les villageois qui voulaient récupérer leurs chaussures : rien n'était prêt, il fallait attendre au moins un mois.

Petit à petit, on assista à un étrange spectacle dans les rues du village : certains ne quittaient plus leurs chaussons et se promenaient donc avec leurs pantoufles aux pieds dans la neige. D'autres avaient ressorti leurs chaussures d'été : ils étaient en sandalettes, mais avec de grosses chaussettes !

Le soir de Noël, le cordonnier descendit dans sa cave à la recherche d'une bonne bouteille de vin.
Et que découvrit-il ?
Des chaussures de toutes sortes qui s'entassaient jusqu'au plafond.
« Qu'est-ce que c'est que toutes ces chaussures dans la cave ? demanda-t-il à Pierre.
— J'ai gardé les chaussures des gens pour avoir plus de cadeaux, répondit Pierre, tout penaud.
— Ça ne va pas, non ! On ne va pas priver les gens de leurs cadeaux !
Nous allons rendre immédiatement ces chaussures à leurs propriétaires !
En route, mauvaise troupe ! »
Et Jean et son fils passèrent la soirée à déposer chaque paire de chaussures sur le paillasson de chaque maison du village.
Quand le père Noël passa en traîneau, il fut bien étonné : « Oh, oh, je suis dans un drôle de village, ici ! Les chaussures ne sont pas devant la cheminée, mais devant la porte d'entrée. D'un autre côté, c'est gentil pour moi, ça m'évite de passer par la cheminée ! »
Et le père Noël déposa tous les cadeaux à côté des chaussures sous les porches des maisons.
Le lendemain matin, chacun trouva devant sa porte non seulement les cadeaux dont il avait rêvé, mais aussi ses souliers adorés !
« C'est la magie de Noël ! » s'écrièrent-ils tout joyeux.

L'incroyable voyage des santons de Noël

Le soir du 24 décembre, Papa Tête en l'air, Maman Tête en l'air et leur fils Mathias se préparaient pour le réveillon. Comme c'était une famille très distraite, il restait plein de choses à faire.

Dans la cuisine, Papa Tête en l'air cherchait la dinde qu'il avait oublié de farcir et, dans la bibliothèque, Maman Tête en l'air était au téléphone avec le père Noël, car elle avait oublié de lui poster la liste des cadeaux. Pendant ce temps, Mathias Tête en l'air jouait tranquillement dans sa chambre. Il n'était pas impatient, car il était un petit garçon très étourdi et croyait que Noël n'était que dans une semaine.

Sa maman passa la tête dans sa chambre et lui demanda : « Mathias, j'ai sorti la crèche. Peux-tu installer les personnages ? Je dois encore dire quelques mots au père Noël. »

Mathias abandonna ses jouets et courut au salon. Il sortit les santons de leur boîte. Il installa Joseph et Marie bien au chaud entre l'âne et le bœuf, mais il joua avec les bergers et les rois mages. Il les dispersa un peu partout.
Soudain, son papa l'appela : « Mathias, viens m'aider à préparer le dessert ! »
Mathias courut à la cuisine et oublia d'installer les petits personnages. Bientôt les Rois mages, chargés de cadeaux, s'impatientèrent. Ils enfourchèrent leurs grands chameaux et partirent au trot à la recherche du bébé de Marie.
Les rois mages s'égarèrent dans la chambre de Mathias. Ils croisèrent un berger qui faisait paître ses moutons : « Bonjour, ami ! Sais-tu où se trouve la maison du petit Jésus ?
— Au salon, je crois, répondit le berger. Je dois y emmener mes moutons pour qu'ils se reposent près de la cheminée cette nuit. Laissez-moi vous accompagner. »
Après une longue route, les rois mages arrivèrent aux abords de la cheminée. Ils rencontrèrent un ange qui agitait ses petites ailes de bois : « Sais-tu où se trouve la maison de Joseph et Marie ?

— Suivez l'étoile qui brille au-dessus du sapin, répondit l'ange, elle vous montrera le chemin. »

Les rois mages se remirent en marche. L'étoile de Noël les guida toute la nuit. Au petit matin, ils aperçurent la crèche au pied du sapin. Il leur restait moins de un mètre à parcourir et ils allaient pouvoir offrir leurs cadeaux à l'enfant qui venait de naître.

Hélas, à cet instant, Mathias et ses parents entrèrent dans le salon pour ouvrir leurs cadeaux.

Maman Tête en l'air était très distraite, mais elle remarqua quand même que les rois mages étaient en avance. Alors, elle les ramassa et les déposa à l'autre bout de la pièce.

Le lendemain, elle les surprit de nouveau en train de traverser le salon.

« Ce n'est pas le moment, dit-elle en riant. Il faut attendre l'Épiphanie. »

Et, une nouvelle fois, elle les replaça à leur point de départ !

C'est pourquoi les rois mages, malgré tous leurs efforts, n'offrirent leurs cadeaux à l'enfant Jésus que le 6 janvier, épuisés, mais heureux d'être enfin arrivés.

Saint Nicolas et Bourricot

Chaque année, saint Nicolas profite de sa grande tournée pour passer saluer son cousin Léonard qui vit dans une ferme isolée. Léonard raconte plein d'histoires et a toujours des idées farfelues. Cette fois-ci, il voudrait prêter son âne à Nicolas pour la journée.

« Mais pourquoi voudrais-tu échanger ? demande le saint. Mon âne me convient très bien.

— S'il te plaît, demande Léonard. Bourricot n'a jamais voyagé, il serait tellement heureux si tu l'emmenais. Il est tout petit, il se fera très discret.

— Bon, dit Nicolas, si c'est pour faire plaisir à Bourricot, c'est d'accord ! »

Et les voilà partis sur la route pour parcourir le pays. Bourricot trottine sur le chemin, quand, tout à coup, il s'arrête brusquement.

Saint Nicolas doit s'accrocher pour ne pas tomber.
« Que se passe-t-il ? » demande le saint.
Mais l'âne ne répond pas.
Il observe des vaches avec de grosses cloches, qui broutent dans un champ.
« Allez, au trot, Bourricot ! » lance Nicolas.
Mais le petit âne refuse d'avancer, il n'a jamais vu
de cloche de sa vie et en reste ébahi.
« C'est une cloche que tu veux ? » demande saint Nicolas.
Il va alors chercher la plus grosse du troupeau
et la passe au cou de Bourricot.
Le petit âne est si content de sa belle cloche qu'il
repart gaiement, en agitant la tête pour la faire tinter.
« Pour la discrétion, c'est raté… » pense Nicolas. Mais le saint
n'a pas le temps de souffler qu'il doit encore s'accrocher. L'âne s'est
arrêté devant la vitrine d'une boutique de sabots de bois.
« Ah non ! râle Nicolas, ça ne va pas recommencer ! »
Mais Bourricot refuse d'avancer jusqu'à ce qu'on lui chausse
quatre gros sabots. De village en village, les gens
se pressent pour voir l'âne déguisé, on le caresse
et on lui donne à manger.
Bourricot goûte à chaque spécialité.

À la fin de la journée, il faut reprendre le chemin de la ferme.
L'âne est content de retrouver son maître.
Mais, au bout de quelques jours, Bourricot a triste mine.
Il ne mange presque pas et soupire sans arrêt :
« Cette ferme est trop petite pour moi. »
Léonard ne l'a jamais vu comme ça. Le jour de Noël, il vient voir son âne :
« Regarde, Bourricot, tu as reçu une lettre du père Noël ! »
Mais Bourricot n'est pas d'humeur à faire la fête.
Il ouvre l'enveloppe sans enthousiasme.
De toute façon, il n'a rien demandé cette année…
Mais quelle surprise, c'est un billet d'avion pour
faire le tour du monde !
Bourricot est fou de joie, son rêve se réalise !
Il saute au cou de Léonard qui a tout manigancé,
court faire ses valises et promet de rapporter
plein de souvenirs !

Silence dans l'étable !

Une légende raconte que, chaque année pendant la messe de minuit, les animaux se mettent à parler. Passant près d'une étable le soir de Noël, deux frères voulurent en avoir le cœur net.
« Un bœuf n'est bon qu'à tirer la charrue, sûrement pas à avoir la langue bien pendue ! plaisanta Gildas, l'aîné des deux garçons.
— Tu peux toujours te moquer, répondit Basile. Moi, je te parie dix corvées de bois que ce soir, un bœuf parlera !

— Eh bien, cachons-nous dans l'étable jusqu'à minuit, et nous verrons ! »
Les deux garçons se glissèrent sans bruit à côté des bœufs et attendirent… Ils ne savaient pas que, par la porte entrebâillée de l'étable, les bœufs avaient entendu leur pari. Les douze coups de minuit sonnèrent bientôt. Dans le silence qui suivit, les frères entendirent des gargouillis.
« Basile, fais taire ton ventre, tu vas effrayer les bœufs, se moqua Gildas.
— Mais ce n'est pas moi ! » protesta Basile.
Le silence retomba, suivi quelques instants plus tard de nouveaux gargouillis.
« Tu fais bien plus de bruit que tous ces bœufs réunis, railla Gildas.
— Je te dis que ce n'est pas moi ! » insista Basile.
Cette fois, les gargouillis résonnèrent si fort que les murs tremblèrent. Plus de doute : le bruit venait de l'estomac d'un énorme bœuf, tout près de là.
« J'ai faim. Que mangerons-nous demain ? demanda l'animal, malicieux.
— Je goûterais bien un peu de Gildas, répondit son voisin.
— Coupé en rondelles avec des carottes ! ajouta un autre.
— Le tout grillé à feu vif ! clama le dernier. »
Gildas eut si peur qu'il sortit de l'étable comme s'il avait le feu aux fesses ! Les bœufs rirent jusqu'au matin, contents de ce petit tour qu'ils ne peuvent jouer qu'une fois par an ! Quant à Basile, il abandonna ses corvées de bois à son frère, et se chargea de répandre longtemps encore la légende.

Attention à l'atterrissage !

« Père Noël, ici père Noël, demandons autorisation d'atterrir », crie le père Noël dans la radio de son traîneau.

« Ici la petite île de Boracay, bien reçu père Noël, mais ne pouvons vous donner l'autorisation d'atterrir, n'avons pas de piste d'atterrissage !

— Comment ça ? Et je fais comment, moi, pour livrer ma marchandise ?

— Désolé, pas de solution, à part larguer les paquets.

— Larguer les paquets, vous plaisantez ! Mes lutins ont mis des heures à faire des jolis paquets cadeau, et je vais lancer ça d'une hauteur de 600 mètres, ils vont s'écraser sur le sol et se déchirer.

Avec le risque, en plus, que les cadeaux arrivent dans l'eau parce que j'aurai mal visé !
— Bien reçu, inutile de s'énerver, pas d'autre solution. »
(Silence radio)
« Bon, ces gens ne sont pas très coopératifs ! Mes rennes préférés, creusons-nous la cervelle pour cette livraison inhabituelle ! Comment faire ? Bon, ben il va falloir que je joue encore les James Bond ! Je vais enfiler mon harnais, m'attacher avec une corde au traîneau et descendre dans le vide, et vous, vous descendrez le plus bas que vous pourrez. C'est parti ! »
Le père Noël s'arnache comme un alpiniste, fait un gros nœud bien solide à sa corde et ni une ni deux, saute dans le vide. Sous le poids du père Noël, le traîneau et les rennes sont entraînés vers le sol à toute vitesse :
« Remontez, remontez, nous allons nous écraser ! »
Les rennes courent, suent, courent de plus belle et finissent par remonter dans les airs. Il s'en est fallu de peu !
« Bon, descendez maintenant, doucement. »
Les rennes se rapprochent de l'île.

Le père Noël, suspendu au bout de sa corde, touche presque la terre ferme, mais un coup de vent l'emporte vers la mer où une vague vient le mouiller entièrement.
« À gauche toute, je me noie ! » crie-t-il.
Les rennes le ramènent vers la terre où, chbing ! le père Noël heurte un cocotier. Il voit mille lutins tournoyer autour de son bonnet.
Tout assommé, il lâche ses paquets dans l'arbre et les rennes le remontent dans le traîneau en tirant de toutes leurs forces sur la corde avec leurs pattes. Le père Noël est toujours sonné et ils décident de le ramener bien vite au pôle Nord, pour que la mère Noël s'occupe de lui.
Le petit renne au nez rouge crie :
« Pinpompin », et le traîneau devient ambulance pour transporter le blessé.
Le lendemain matin, sur l'île de Boracay, les enfants cherchent leurs cadeaux près de leurs chaussures, mais ils n'y sont pas.
« Regardez, le père Noël a caché les cadeaux dans le cocotier ! Quel coquin ! »
Et le cocotier est rebaptisé « arbre de Noël » pour l'occasion !
Quant au père Noël, il ne faut plus lui parler d'île paradisiaque et de cocotiers, même pour les vacances d'été !

Le père Noël a besoin d'aide !

Là-haut dans le ciel, à mille lieues de la Terre, le père Noël se prépare à partir pour la grande tournée des jouets. Attelés au traîneau, ses huit fidèles rennes l'attendent dans la nuit glacée de Noël. Le père Noël coiffe son bonnet, chausse ses bottes, enroule son écharpe autour du cou, enfile son doux manteau rouge... Et soudain, il s'écrie : « Saperlipopette, j'ai perdu mes gants blancs ! » Il a beau chercher dans l'armoire, sur la table, sous les coussins du canapé et même dans la cheminée, pas moyen de les retrouver. Le père Noël peste : « Si j'avais écouté les lutins, j'aurais attaché mes gants à mon manteau. Tant pis pour moi, je vais avoir bien froid ! » Mais le temps presse ! Le père Noël se hâte jusqu'à son traîneau et lance le départ : « Mes amis les rennes, en voiture : les enfants nous attendent ! » Guidés par le père Noël qui connaît la route par cœur, les rennes s'élancent droit devant, dans le ciel.

Soudain, la neige se met à tomber à gros flocons et un vent glacial s'abat sur la nuit de Noël. Bien emmitouflés dans leur fourrure d'hiver, les rennes galopent courageusement dans la tempête. Mais sur le traîneau, c'est une autre affaire ! Le père Noël a les mains rougies par le froid. Impossible de guider plus longtemps ses huit fidèles rennes ! À toute allure, ils se mettent à tournoyer dans le ciel, entraînant dans une folle farandole le traîneau, les cadeaux et le père Noël. Le père Noël a beau crier : « Arrêtez-vous, arrêtez-vous ! » le vent souffle si fort que les rennes ne l'entendent pas. À force de tourner et de tourner encore dans le ciel, le père Noël et les rennes sont complètement étourdis ! Mais rien ne peut les arrêter ! Heureusement, la ronde infernale des rennes fait résonner les grelots du traîneau dans le ciel. Pelotonnés dans leur nid, les oiseaux de l'hiver se réveillent.

Une famille de mésanges donne l'alerte : « Tous à vos postes, le père Noël a des ennuis ! »
En un clin d'œil, tourterelles, mésanges, oies sauvages s'élancent à tire-d'aile jusqu'au traîneau. D'un adroit coup de bec, les tourterelles et les oies sauvages tirent sur les brides et freinent les rennes. Mais que font les mésanges ? Toutes ensemble, elles ouvrent grand leur bec et soufflent, soufflent sur les mains du père Noël.
Le père Noël sent une douce chaleur lui réchauffer les mains. Enfin, il réussit à remuer un doigt, puis deux, puis trois… jusqu'à dix. Il bouge ses deux mains ! Il fait repartir le traîneau, escorté par les mésanges, les oies sauvages et les tourterelles. La neige s'est arrêtée, la bise est tombée. Les rennes prennent de la vitesse et filent tout droit vers la Terre.
« Petits oiseaux, murmure le père Noël, nous allons atterrir sur cette maisonnette. Je vais me glisser dans la cheminée et la grande tournée de jouets va enfin commencer ! »

La sorcière et le vendeur de sapins

Il était une fois un vendeur de sapins de Noël qui était un peu magicien. Chez lui, on n'achetait pas d'arbres en pots. Les gens repartaient de sa boutique avec une graine à planter chez eux : le lendemain, un sapin magnifique avait poussé dans leur salon !

Un jour, une sorcière se rendit au magasin pour acheter son sapin de Noël. Il y avait la queue. La sorcière bouscula tout le monde avec son balai :

« Ouste, laissez passer. Je déteste attendre ! Vendeur, je veux un sapin, et que ça saute. »
Avec un sourire moqueur, le vendeur alla chercher une graine dans ses sacs. La sorcière l'empocha et dit : « Je ne vous paie pas, évidemment. Je déteste payer ! »
Et elle enfourcha son balai pour aller planter la graine dans son salon. Le lendemain matin, surprise ! Au lieu du sapin attendu se dressait un cactus ! À ses piquants étaient accrochées des guirlandes dorées.
Tout en haut, à la place de l'étoile traditionnelle, se tenait un perroquet jaune qui salua la sorcière en ces termes :
« Bonjour, repoussante sorcière ! Ce cactus piquant est ton portrait tout craché, Jacquot est content ! »
Furieuse, la sorcière fonça vers la boutique.
De nouveau, elle bouscula toute la queue, pinça les joues des enfants au passage, et se planta devant le vendeur en disant d'une voix aigre : « Je déteste les farceurs ! Si tu ne me donnes pas une vraie graine de sapin, je te transforme en crapaud ! »
Le vendeur se confondit en excuses :
« Comment ai-je pu, honorable dame, comment ai-je pu me tromper de sac ? »

Et la sorcière repartit avec une autre graine.
Le lendemain, elle se trouva devant… un saule pleureur. Le long de ses branches étaient fixés des boules scintillantes et des lumignons.
Le saule se mit à sangloter : « Bouh ouh, comment peut-on être d'une telle méchanceté ? »
Ses larmes coulaient à flots, éteignant les bougies l'une après l'autre. La sorcière rêvait d'exploser de colère. Mais elle sentait une inexplicable gentillesse l'envahir ! C'est que le saule était magique : ses larmes étaient capables d'amollir les cœurs les plus endurcis…
Lorsque la sorcière retourna chez le vendeur, elle fit la queue comme tout le monde. En attendant, elle distribua des bonbons aux enfants et leur raconta de fabuleuses histoires de Noël. Le vendeur l'examinait de loin.
Lorsque vint son tour, il lui fit un grand sourire : « Bonjour, madame ! J'ai pour vous une graine dont vous serez contente. »
La sorcière le remercia avec une exquise politesse… sans oublier de le payer.
Le lendemain, dans son salon, elle trouva un sapin de Noël superbe, le plus beau qu'elle ait jamais vu.

Des rennes trop gourmands !

Le grand départ du père Noël est annoncé. Celui-ci, qui n'en est pas à sa première tournée, est encore en tenue décontractée. Il repasse tranquillement son costume en sifflotant. Pour les jouets, il ne s'en fait pas, les lutins sont toujours là. À l'atelier, c'est encore la panique, bien sûr : des voitures ont fait une course, leurs peintures sont tout abîmées et deux soldats se sont battus pour une jolie poupée, il faut rattacher un bras et recoudre un pied. Mais c'est ainsi chaque année. Quant aux rennes, ils sont super-costauds grâce au régime des champions : pas un gramme de chocolat, des épinards à chaque repas. Le père Noël en est très fier. Mais ce soir, à l'écurie, c'est la révolution ! Les lutins ont oublié de servir le dîner et les rennes sont affamés. Ils organisent alors une grande expédition. Puisque c'est comme ça, ils vont mettre le nez dans le placard à chocolats !

Ils reviennent bientôt, les pattes chargées de jolies boîtes.

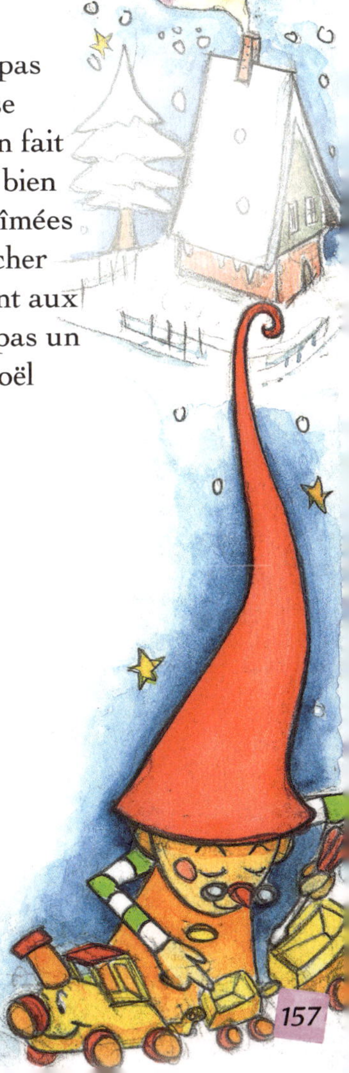

« Mumm… ! Ces chocolats sont délicieux, se disent-ils. Ils ont un goût vraiment particulier. »
Et pour cause, ils sont alcoolisés ! Les rennes trop gourmands n'en font qu'une bouchée. Puis ils s'affalent sur la paille, bien rassasiés. L'alcool commence à faire son effet… L'un d'entre eux entonne une chanson de Céline Dion et tous reprennent en chœur le refrain en bramant à tue-tête et en dansant la valse.
Mais un renne glisse et s'étale.
C'est la grande rigolade générale.
Un lutin qui passait par là en reste bouche bée.
Il court chercher le père Noël, qui, dans la précipitation, en oublie d'enfiler son pantalon.
« Hi, hi ! Notre maître est en caleçon ! s'esclaffe un renne.
— Et la maîtresse en maillot de bain ! » lance un autre.
Les rennes rigolent à en pleurer, ils se tapent sur les cuisses et ne peuvent plus respirer. Le père Noël est abasourdi : « Secouez-vous, nom d'un petit lutin ! Vous n'êtes pas en état de conduire ! »
Mais un immense ronflement s'élève du fond de l'écurie.

Les huit rennes se sont soudain endormis.
Le père Noël a beau crier de sa grosse voix et le lutin s'époumoner dans sa trompette, rien n'y fait.
Ils sont partis pour ronfler toute la nuit. « C'est une catastrophe, soupire le lutin,
il faudrait un troupeau d'éléphants pour les remplacer. »
Le père Noël réfléchit : « Plus fort qu'un troupeau d'éléphants…
— Je sais bien, dit le lutin, ça n'existe pas…
— Et qui sache voler plus vite qu'une fusée…
— Je sais bien, père Noël, on ne trouvera jamais…
— Avec une cape et un costume bien taillé… »
« Décidément, il n'y a pas que les rennes qui ont abusé des chocolats », pense le lutin.
« Mais bien sûr ! C'est Superman qu'il nous faut !
— Superman, ah bon ? Vous le connaissez ? »
Un petit coup de fil et le tour est joué.
Superman remplace les rennes au pied levé pour une tournée que le père Noël n'oubliera pas de sitôt !

Santa-toctoctoc !

Il était une fois un bonhomme de neige qui adorait son chapeau, son écharpe et son fidèle balai. Mais comme tout le monde à Noël, il voulait revêtir des habits de fête ! Du haut de sa colline, il enviait le sapin qui trônait sur la place du village. Des cheveux d'ange dévalaient ses branches et des boules scintillantes valsaient mystérieusement autour de lui.
« Je voudrais tant briller ainsi ! » murmura le bonhomme de neige en rêvant tout haut.

Porté par la brise, un brin de houx se posa alors sur son nez. « Tu veux briller ? Suis-moi, je peux t'aider ! »

Le bonhomme de neige suivit aussitôt son guide qui virevoltait au-dessus de lui. Après avoir traversé la forêt et franchi un ruisseau, ils arrivèrent devant un gigantesque igloo.

« Santa-toctoctoc ! » dit le brin de houx.

Au son de la formule magique, la porte s'ouvrit.
« Nom d'une petite carotte ! » s'extasia le bonhomme de neige.
L'igloo regorgeait de trésors. Il y avait là de quoi parer tous les amis du père Noël : des boules volantes pour les sapins, des chapeaux pour les rennes, des vestes fluorescentes pour les lutins, des ailes de rechange pour les anges… Et au milieu de toutes ces merveilles, un petit homme bleu à l'allure de magicien faisait claquer ses doigts.
« Le Maître des Décorations… » souffla le brin de houx.
Le bonhomme de neige s'approcha timidement et lui raconta son vœu : briller comme un sapin de Noël !
« Santa-cadabra ! » prononça alors le petit homme bleu. Et des fleurs à paillettes poussèrent sur un chapeau. « Santa-lakabim ! » clama-t-il à nouveau. Et une écharpe bariolée se mit à scintiller comme si elle venait d'avaler des étoiles. « Santa-bougazam ! » Et d'un balai jaillit un feu d'artifice !

Tout excité, le bonhomme de neige courut se percher sur la colline avec ses nouveaux accessoires et prononça les formules magiques. Aussitôt les promeneurs s'arrêtèrent, fascinés par ce bonhomme de neige qui brillait comme un astre. Il avait si fière allure que les villageois l'installèrent à côté du sapin. Son vœu se réalisait enfin !

« Magnifique costume ! » complimenta le sapin avec un clin d'œil. « Et le tien donc ! » félicita le bonhomme de neige.

« Comme vous êtes beaux… » dit alors une petite voix derrière eux. C'était le lampadaire. Gris et blafard, il avait grand besoin de retrouver des couleurs.

« Tu veux briller ? demandèrent en chœur le sapin et le bonhomme de neige. Suis-nous, on peut t'aider ! »

Cette année-là, à Noël, le village brilla bien plus que le ciel !

La Befana au carnaval de Venise

Le carnaval de Venise bat son plein. Sur la grande place Saint-Marc, au centre de la ville, on croise les costumes les plus riches, les masques les plus fantasques !

Des polichinelles à la pelle, des arlequins à l'air coquin, des fées et des chevaliers…

Au milieu de cette foule multicolore, une vieille sorcière tient un balai.

« Qui est-ce ? demande un petit Américain.

— C'est un déguisement de Befana, lui répond son voisin italien. La Befana est une gentille sorcière un peu grincheuse qui passe ici à Noël. Elle apporte des bonbons aux enfants sages, et du charbon aux enfants méchants. »

La vieille dame glapit : « Comment ça déguisement, insolent chenapan ! ? Je suis la Befana, la vraie ! »

La foule se met à rire.

« Farceuse !

— Eh, Befana de carnaval, tu t'es trompée de saison ! On est en février ! »

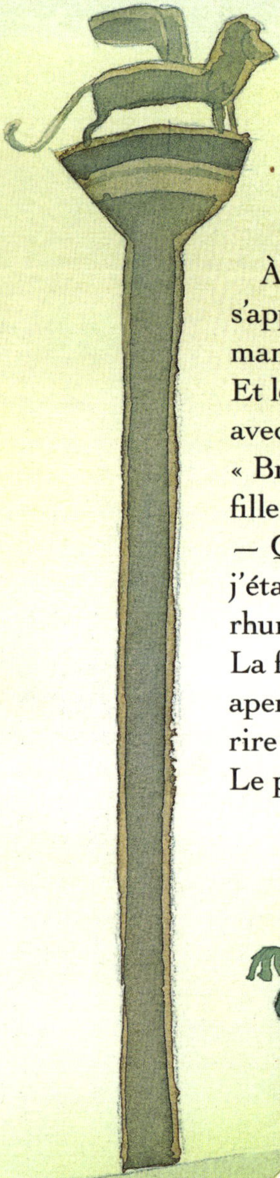

La Befana, furieuse, ouvre un petit sac qu'elle porte à la ceinture et lance des morceaux de charbon dans toutes les directions.

« Brava Befana ! Ta panoplie est complète, tu n'as rien oublié à ton costume ! »

À ce moment-là, des violons attaquent une valse. Un diable s'approche de la vieille dame : « Allons, ne vous fâchez pas, mamie ! Venez plutôt danser avec moi ! »

Et le diable entraîne sa cavalière. Ô surprise, elle se met à danser avec grâce et souplesse.

« Bravo, grand-mère ! crie la foule. Tu valses comme une jeune fille !

— Quand j'ai pris mes premiers cours de danse, il y a 8 700 ans, j'étais la meilleure valseuse de toutes les sorcières. Malgré les rhumatismes, je suis encore agile pour mon âge. »

La foule commence à se poser des questions ! Soudain, la Befana aperçoit un vieux gondolier déguisé en père Noël. Elle éclate de rire à son tour : « Ah ah, jeune homme, tu te crois ressemblant ? Le père Noël n'a pas du tout ta tête !

C'est un vieil ami, nous travaillons ensemble depuis 1 000 ans. Je vais goûter chez lui tous les samedis. »

Plus personne n'ose se moquer…

Le gondolier ôte son bonnet rouge pour saluer la sorcière.

« Madame Befana, si vous dites vrai, je vous remercie pour tous les bonbons reçus dans mon enfance.

— Moi aussi, moi aussi ! crient tous les Italiens.

— De rien, bougonne la Befana un peu émue. Je n'aime pas les remerciements, les enfants.

— Voulez-vous profiter de ma gondole pour visiter les canaux ? propose le gondolier.

— Ah non, je ne me déplace jamais que sur un balai, mon petit ! Venise est bien plus belle vue du ciel ! »

À ces mots, la vieille dame enfourche son balai et s'envole doucement, escortée par une traînée de pigeons. La foule agite des mouchoirs : « Au revoir, Befana ! » Alors, la sorcière ouvre son sac et laisse tomber toute une pluie de bonbons multicolore sur la place Saint-Marc…

Qui a cambriolé le père Noël ?

« Pom, pom, pom, chantonne le père Noël, tout guilleret. Ce soir, c'est ma grande tournée. Aucun enfant ne sera oublié ! » Il enfile son beau costume rouge bordé de fourrure blanche, son bonnet et ses bottes fourrées, attrape sa grande hotte en osier, ouvre la porte de l'atelier à jouets et… catastrophe ! Le père Noël n'en croit pas ses yeux. Voitures téléguidées, poupées, ours en peluche, tout a disparu ! Le père Noël sent la moutarde lui monter au nez. De sa grosse voix, il appelle ses amis lutins, ceux qui fabriquent les jouets : « Saperlipopette de saperlipopette ! Les lutins, on a volé tous vos jouets. » Aussitôt, tous les lutins accourent, affolés.

« Oh non, c'est vraiment pas juste, pleure Clémentine, la plus petite des lutines. Après tout le mal qu'on s'est donné…

— Et les petits enfants qui n'auront rien au pied du sapin », se lamente Félicien, le roi des lutins.

Le père Noël regarde sa montre : « Mes amis, pas de panique ! Il nous reste dix heures pour retrouver nos jouets. Quant à ce coquin de voleur, il va passer un sale quart d'heure, foi de père Noël ! »
Il prend Félicien et Clémentine sur ses épaules, et les voilà partis tous les trois dans la neige et le froid. Félicien s'écrie :
« Regardez, père Noël, les traces des voleurs, là, près de l'atelier ! »
Le père Noël découvre des empreintes de grosses pattes, grandes comme une poêle à frire. Et à côté, des traces de pattes larges comme les assiettes d'une dînette ; et puis aussi, une troisième série d'empreintes, comme si on avait traîné quelque chose par terre.
« Ce sont nos jouets qu'ils ont traînés ? demande Clémentine.
— Pour le savoir, les amis, suivons ces traces », lance le père Noël, qui marche d'un pas décidé, malgré la neige qui tombe sur eux à gros flocons.
Bientôt, le père Noël a de la neige jusqu'aux genoux, puis jusqu'au ventre.
Il marche longtemps, très longtemps.
« Père Noël, sommes-nous perdus ? » demande Clémentine, tout angoissée.
Le père Noël est bien embêté. Heureusement, Félicien s'écrie : « Là-bas ! »
Et de son minuscule doigt de lutin, il montre une petite lumière qui brille entre les flocons.

Vite, vite, de la neige jusque sous les bras, le père Noël arrive devant un igloo. À l'intérieur, on entend des rires, des chants. « Sortez de là », crie le père Noël d'une voix forte. Silence... Et puis la grosse truffe noire de Bébert, l'ours polaire, sort de l'igloo, suivie du fin museau argenté de Bernard, le renard bleu, et de la grosse tête ronde de Bartok, le phoque.

« Les traces, c'était vous ! s'écrie Félicien.

— Vous n'avez pas honte ? gronde le père Noël.

— Rendez-nous nos jouets ! exige Clémentine.

— Les paquets sont dans notre igloo, disent les trois animaux, honteux.

— On est désolés, mais on est les seuls à ne pas avoir de cadeaux, grogne le phoque.

— Alors qu'on habite tout à côté de chez vous », reproche Bébert l'ours.

Le père Noël éclate de rire : « Vous avez raison, c'est injuste.

— Dès l'année prochaine, vous nous enverrez votre liste », dit Clémentine.

Et c'est ainsi qu'au petit matin, comme tous les matins de Noël depuis très, très, très longtemps, les petits enfants sautèrent de joie en découvrant les jolis jouets que le père Noël et ses amis avaient déposés dans leurs souliers.

La lettre égarée

Ce matin de Noël, Thomas ne trouva pas de cadeau sous le sapin. Il crut que le père Noël l'avait oublié. Ses parents essayèrent de le consoler, mais rien ne put adoucir sa peine. En début d'après-midi, Thomas alla tristement faire sa sieste en serrant contre lui son doudou Nono, un petit ours noir avec une tache blanche sur le ventre. Nono attendit que Thomas soit endormi, puis il se faufila hors de la maison. Pas question de laisser Thomas aussi malheureux. Nono trottina jusqu'à la maison du facteur et frappa à sa porte.

« Qui est là ? demanda une voix bourrue. Je fais ma sieste. On n'est jamais tranquille ! »

Et le facteur ouvrit la porte. Il regarda d'un œil noir le petit ours. « Qui es-tu, toi ? Un jouet abandonné ? Déjà ?

— Je suis Nono, le doudou de Thomas. Thomas a écrit une lettre au père Noël, mais il n'a pas eu de cadeau pour Noël. Vous êtes le facteur qui apporte les lettres des enfants au père Noël. Aidez-moi ! »

Étonné, le facteur réfléchit. Oui, il avait bien donné un grand sac de lettres au père Noël quelques semaines avant Noël, comme chaque année, mais... pas la lettre de Thomas ! Celle-ci était arrivée très en retard et le facteur l'avait glissée sous la porte du père Noël !
« Viens avec moi, Nono, courons chez le père Noël avant son départ en vacances. » Le facteur déposa Nono dans sa sacoche, enfourcha son vélo et pédala de toutes ses forces vers la maison du père Noël.
Ils arrivèrent hors d'haleine et frappèrent à la porte du père Noël.
« Qui est là ? demanda une voix bourrue. Je fais mes valises. On n'est jamais tranquille ! »
Et le père Noël ouvrit la porte. Stupéfait, il regarda Nono et le facteur.
« Qu'est-ce que...
— Père Noël, le petit Thomas n'a pas eu de cadeau ! Vous n'avez donc pas eu sa lettre ?
— Sapristi ! Mais non ! » s'étrangla le père Noël. Le facteur et Nono lui racontèrent toute l'histoire.

Le père Noël baissa alors les yeux vers le lourd paillasson du vestibule, en souleva un coin... La lettre était là ! Vite, il n'y avait pas de temps à perdre. Il l'ouvrit, la lut et courut vers son atelier en appelant les lutins à la rescousse.

« Que se passe-t-il ? demandèrent les lutins en maugréant. Nous sommes en train de goûter. On n'est jamais tranquilles ! »

Le père Noël leur expliqua la situation et les lutins abandonnèrent leurs tartines. Ouf ! Il leur restait des petits trains électriques !

Nono, le facteur et le père Noël repartirent alors chez Thomas. La maison était calme. Le père Noël et Nono entrèrent dans la chambre de Thomas sans faire de bruit. Nono grimpa dans le lit du petit garçon, tandis que le père Noël déposait son cadeau au pied du lit. Puis il s'éclipsa.

Thomas s'éveilla, vit son cadeau et, fou de joie, il bondit de son lit, son Nono dans les bras. « Mon cadeau, mon cadeau, papa, maman, le père Noël est venu ! » Thomas, Nono et ses parents purent alors fêter Noël, le facteur, finir sa sieste, le père Noël, partir en vacances et les lutins, prendre leur goûter !

Les enfants Noël

Le père Noël a trois enfants : Joyeux, le plus grand, Vivement, le petit frère, et Cad'Aude, la dernière.

« Soyez sages », leur dit-il chaque année lorsqu'il part faire sa tournée.

Mais en voyant le traîneau s'éloigner, Joyeux se met à bougonner :

« Ce n'est pas juste ! On est assez grands pour distribuer les cadeaux avec lui.

– Tant pis, dit Vivement, on part tout seuls. »

Ils remplissent vite un sac de jouets et c'est parti.

Les trois enfants quittent le chalet en pleine nuit pour s'enfoncer dans la forêt. Ils marchent longtemps et vont très loin.

Quand soudain, Joyeux se met à crier :

« Regardez ! De la lumière ! »

Tout contents, les enfants courent frapper à la porte de la maison éclairée.

Mais la dame qui leur ouvre n'a pas l'air rassurée.

« Fuyez ! leur dit-elle.

Vous êtes dans la maison d'un ogre qui dévore les enfants et n'en fait qu'une bouchée.

– Ah non, pas question ! » dit Joyeux.
Têtu comme son père, il ne partira pas tant qu'il n'aura pas donné tous ses jouets. Et ce n'est pas un ogre qui va l'en empêcher.
« Où est le sapin ? demande-t-il.
– Le sapin ? Quel sapin ? répond la dame étonnée.
– Le sapin de Noël, pour déposer les jouets. Le père Noël, vous connaissez ? »
La femme de l'ogre n'y comprend rien :
« Le père Joël ? Jamais entendu parler !
– Vous ne fêtez pas Noël ? ! s'exclame Vivement.
– Mais vous débarquez de quelle planète ? » dit la petite Cad'aude en levant les yeux au ciel.
Ils se mettent alors tous les trois à gesticuler pour lui expliquer.

Enfin, elle commence à comprendre et se laisse séduire par l'idée du réveillon. Les trois bambins se relèvent les manches sans tarder, il faut tout organiser.

La petite Cad'Aude donne des conseils pour la décoration.
Joyeux s'en va couper un grand sapin, et Vivement, gourmand comme son papa, file à la cuisine préparer un délicieux repas et les truffes en chocolat.
De retour à la maison, l'ogre est stupéfait. Il n'a jamais fêté Noël et ne sait pas ce que c'est. Quelle bonne odeur ! Quelles charmantes couleurs… et sa femme !
Elle est pimpante et maquillée, jolie comme une fleur !
Une belle table est dressée, un feu brûle dans la cheminée, et là, sous un magnifique sapin décoré… C'est une montagne de cadeaux !
C'en est trop, l'ogre sort son mouchoir et éponge une grosse larme.
Les enfants lui sautent au cou pour l'embrasser, puis, l'ogre apprend à ouvrir délicatement les paquets. Les nouveaux amis jouent au train électrique, aux petits chevaux, et s'amusent comme des fous toute la nuit.
À l'heure de se quitter, les trois petits promettent de revenir jouer souvent et de lui préparer d'autres mets succulents.
L'ogre est drôlement content.
Quelle idée de vouloir manger les enfants !

Le bonhomme de neige solitaire

Jadis vivait, tout en haut d'une montagne, un grand bonhomme de neige solitaire. Il ne fondait jamais, car il habitait le pays des neiges éternelles. Noël approchait et il se sentait seul. « Voilà des années que je suis ici ; est-ce qu'un jour je fêterai Noël avec des amis ? » Et sous son chapeau noir, tout en fumant sa pipe en bois, le bonhomme de neige se mouchait, essuyant ses yeux de pierre et son nez de carotte. Un matin, le brouillard se leva et recouvrit la montagne. « Hou hou ! Où êtes-vous ? Hou hou ! Je ne vous vois plus ! » Une petite voix résonnait depuis le sommet. Elle réveilla le bonhomme de neige qui somnolait.

C'était une fillette en raquettes qui appelait sa famille. Elle était complètement perdue… Elle aperçut alors le bonhomme de neige grâce à son nez orange qui pointait. Fatiguée et rassurée par sa présence, elle s'assit à ses pieds et ne tarda pas à s'endormir contre lui.

Le cœur du bonhomme de neige se mit à battre très fort ! « Cette petite fille va mourir de froid si elle reste là, pensa-t-il. Elle est si jolie avec ses moufles rayées et son bonnet tricoté. »

Dans sa poitrine, le cœur du bonhomme de neige cognait de plus en plus fort. Soudain, une grande chaleur inonda son corps : il frémit de la tête aux pieds, puis ses bras se levèrent, saisirent la fillette, et ses jambes se mirent à marcher. Vite, vite, il descendit la montagne à grandes enjambées vers la vallée. Des voix retentissaient partout dans la nuit. « Tout le monde te cherche… » murmura le bonhomme de neige.

Quand il arriva près d'un chalet, il déposa la fillette endormie contre la porte, sonna et partit se cacher dans le jardin.
Il resta longtemps à regarder par la fenêtre la petite fille qui se réveillait : elle buvait du lait chaud, une grosse couverture sur le dos, entourée de son papa et de sa maman si heureux de l'avoir retrouvée. Personne ne faisait attention à lui, mais à un moment, la fillette le vit : le bonhomme de neige lui fit un petit signe de la main et elle lui sourit.
Tout en haut de la montagne vit désormais un bonhomme de neige joyeux : il a des bras pour porter, des jambes pour marcher et un cœur pour aimer. Tous les ans, à Noël, il descend dans la vallée. Et le temps d'une nuit, il échange avec la petite fille son chapeau noir contre un bonnet tricoté !

Quand les elfes sont devenus des cadeaux...

Un jour, une catastrophe se produisit dans le royaume des elfes, au cœur de la grande forêt scandinave. Le troll Ingmar apparut, porteur d'une formule magique. C'était un géant malfaisant, laid et stupide, qui détestait les elfes... Le troll lança à haute voix sa formule. Aussitôt, tous les elfes ressentirent une étrange envie de dormir. Quand ils s'éveillèrent, ils s'aperçurent qu'ils pouvaient penser et ressentir. Mais ils étaient incapables de bouger ou de parler.

« Ah ah, vous êtes en mon pouvoir ! » rugit l'horrible troll. Puis, aidé de ses complices, il jeta les malheureux elfes dans des grands sacs, et les emmena vers le nord de la Laponie : « Puisque tout le monde aime les elfes, vous allez faire plaisir aux enfants !

Je vais vous glisser parmi les jouets du père Noël... Et vous servirez de poupées, paralysés pour l'éternité. »
Dans la nuit, Ingmar déposa sur les étagères du père Noël ses malheureuses victimes. Les elfes voulaient protester, mais ils ne pouvaient même pas faire un mouvement... Trois jours après, les assistants du père Noël les emballèrent sans se douter de rien. Et le père Noël les déposa dans des souliers d'enfants. Pour l'éternité, ils étaient devenus... des jouets !

Après la disparition de ses créatures enchantées, la forêt scandinave était devenue très triste : les fougères tombèrent sur le sol, la mousse noircit.
Olaf, un troll bon et intelligent, s'aperçut que la forêt allait mourir. Il ne supportait pas de savoir que ses amis les elfes étaient prisonniers loin de leur forêt magique. Il se rendit dans l'atelier du père Noël et lui expliqua la situation.
« Mais alors, j'ai offert aux enfants des êtres vivants et prisonniers ! s'exclama le vieil homme horrifié. Que faire ?
— J'ai une idée », répondit Olaf. Il expliqua son plan. Puis, le père Noël réunit ses ouvriers. Et Olaf rassembla les forces bonnes de la forêt, animaux, oiseaux, arbres et esprits.

Le gentil troll partit pour un tour du monde avec une nuée de corbeaux. Il entrait pendant la nuit dans les chambres dont le père Noël lui avait donné l'adresse. Sans un bruit, il cherchait dans les coffres à jouets, sous les lits...
Et quand il retrouvait un elfe, Olaf prononçait la formule pour le réveiller ! Aussitôt, les elfes filaient, portés par les corbeaux, vers l'atelier du père Noël. Là, les ouvriers fabriquaient des petites poupées qui leur ressemblaient comme deux gouttes d'eau. Puis, d'autres corbeaux rapportaient ces poupées dans les maisons, pour remplacer les elfes libérés.
Les elfes, eux, ont regagné la forêt et ont chassé le troll Ingmar. Olaf et ses amis les ont aidés. On raconte même qu'Olaf a épousé la reine des elfes, et que la forêt magique a retrouvé ses pouvoirs. Mais cela, c'est une tout autre histoire !

La surprise du père Noël

Au pays du père Noël, là-haut dans les nuages, règne un grand remue-ménage. Dans leur dortoir, les lutins ne veulent pas se lever, les lutins ne veulent pas travailler !

« J'ai fabriqué des poupées jusqu'à minuit. Je n'en peux plus, je reste au lit ! chouine Bernie.

— Je n'ai pas assez dormi, grogne Fripon. Je reste sous mon édredon. »

Perlin, le plus vieux lutin, tente de les raisonner : « Si nous n'allons pas travailler, les enfants seront privés de jouets ! »

Mais, pour toute réponse, Perlin n'a droit qu'à un immense concert de ronflements. Les lutins se sont rendormis, tant pis pour lui !

Vite, Perlin court prévenir le père Noël.

« Père Noël, les lutins sont fatigués. Ils refusent de travailler », dit-il.

Le père Noël se lisse la moustache et se gratte la barbe. Puis il répond : « Pauvres lutins, ils doivent être épuisés : ils ont fabriqué tant de jouets. Si je leur préparais une surprise pour les remercier. »

Tout doucement, le père Noël confie sa surprise dans l'oreille de Perlin. Puis il ajoute : « Va vite te coucher. Et à ton réveil, dis aux lutins qu'une surprise les attend ce soir à la clairière des rennes ! »

Pendant ce temps, le père Noël court à l'usine à jouets. À pas de velours, il fait sortir les jouets jusqu'à la clairière des rennes. Et là, que se passe-t-il en cachette ? Seuls le père Noël et Perlin sont au courant !

Au dortoir, les lutins ont appris la nouvelle.

« Tu connais la surprise du père Noël ? demande Fripon à Perlin.

— Moi ? Bien sûr que non », répond Perlin en retenant un sourire.

Les lutins se pressent alors jusqu'à la clairière des rennes. Là-bas, les arbres ornés de lanternes scintillent de mille feux. Des centaines de petites chaises sont disposées en cercle.

Le père Noël fait son entrée et annonce :
« Petits lutins, cette année, vous avez vraiment bien travaillé.
Pour vous remercier, voici la grande parade des jouets ! »
La clairière se transforme alors en magnifique piste de cirque.
Les singes mécaniques battent la mesure.
Les chevaux à bascule font un tour de piste.
Les caniches en peluche sautent dans des cerceaux de bois.

Tout à coup, les poupées s'élancent dans le ciel et font un numéro de trapèze. Elles voltigent dans les airs, gracieuses comme des papillons.
Mais déjà, les ours en peluche improvisent une pyramide, applaudis par les poupons.
Les camions de pompier et les petites voitures défilent en faisant résonner leurs klaxons.
Les lutins applaudissent si fort qu'ils ne sentent plus leurs menottes.
Soudain, le père Noël et tous les jouets se rassemblent et soufflent des milliers de bulles de savon sur la piste. On dirait une tempête de neige magique ! Les lutins ébahis s'écrient : « Merci, père Noël, ce spectacle a effacé notre fatigue. Demain, nous continuerons à fabriquer les plus beaux jouets pour les enfants du monde ! »
Depuis, chaque année, là-haut dans les nuages, le père Noël organise la grande parade des jouets, pour le plus grand plaisir des lutins.

Voyage dans la cheminée

Cyprien voulait en avoir le cœur net. On avait beau lui dire que le père Noël passait par la cheminée pour venir chez lui, il n'y croyait pas. Cela lui paraissait tout à fait impossible : la cheminée était trop étroite, trop noire, trop raide ! Aussi décida-t-il de grimper sur le toit pour aller vérifier lui-même.

Lorsqu'il parvint près de la cheminée, Cyprien accrocha solidement sa corde et se laissa glisser dans le conduit. Mais il fut aussitôt aspiré vers le bas par une force irrésistible qui l'obligea à lâcher la corde. « AAAaaah ! » hurla-t-il en fermant les yeux de peur.

Cyprien ne tombait pas, mais il glissait à vive allure sur un formidable toboggan. Lorsqu'il ouvrit les yeux, il découvrit autour de lui un spectacle merveilleux. Le conduit de cheminée n'était pas noir et crasseux comme il l'avait imaginé mais, au contraire, il étincelait de mille feux. Des banderoles multicolores s'allumaient sur son passage : « BONJOUR, PÈRE NOËL ! », « ON VOUS AIME, PÈRE NOËL ! ».

Cyprien n'en croyait pas ses yeux.

Soudain, il ralentit, puis s'arrêta tout à fait. Aussitôt, des dizaines de petits lutins surgirent pour lui offrir des bonbons, des gâteaux et des friandises. Ils s'activaient sans cesser de parler : « Vous devez avoir faim, père Noël !

— Prenez des forces pour le voyage !

— Goûtez ces macarons à la neige ! »

Cyprien avait beau leur dire qu'il n'était pas le père Noël, les lutins s'en fichaient.

Lorsqu'il eut bien mangé, sa course folle reprit comme par magie.

Un peu plus loin, il s'arrêta de nouveau.

Cette fois-ci, des elfes miniatures s'agitèrent autour de lui pour le masser, lui frotter les pieds, le dorloter.

Eux aussi discutaient sans s'arrêter.
« Vous devez être fatigué par ce voyage, père Noël !
— Un petit massage des pieds vous fera du bien !
— Détendez-vous et fermez les yeux ! »
Cyprien se laissa faire, puis sa course reprit de plus belle. Au dernier arrêt, des fées le coiffèrent et le parfumèrent en gazouillant gaiement.
Le voyage sur le toboggan touchait à sa fin. Cyprien traversa un épais nuage d'étoiles scintillantes et arriva... au milieu du salon de sa maison !

Lorsque ses parents le retrouvèrent, au petit matin, Cyprien était endormi, roulé en boule sur le tapis du salon. Il faisait certainement un rêve formidable, car il souriait en dormant. Mais ce qui étonna sa maman, c'est qu'il avait sur le bout du nez une toute petite tache noire... de suie !

Les reines mages

Tout le monde connaît l'histoire des rois mages. Ils virent une étoile se lever et la suivirent jusqu'à l'étable où Jésus était né. Puis ils se prosternèrent devant lui pour offrir de l'or, de la myrrhe et de l'encens. Vous la connaissez sûrement. Eh bien, mon papi la raconte autrement. Ce soir-là, Gaspard, Melchior et Balthazar se sont donné rendez-vous aux portes du désert pour le grand départ.

Mais Gaspard est tellement pressé qu'il trébuche
et son lourd télescope lui tombe sur le pied. Le pauvre ne peut plus marcher.
Il demande donc à sa femme de le remplacer.
Mais l'épouse est bien étonnée : arrivée au point de départ, pas de Melchior,
ni de Balthazar. Le premier a mangé trop de loukoums au dîner et le second
a une migraine carabinée. Leurs femmes les ont eux aussi remplacés.
Gaspa, Melchia et Baltha, les trois reines mages, se mettent alors en
route. Guidées par l'étoile, elles marchent d'un bon pas quand
des voleurs surgissent soudain pour les encercler.
« Donnez-nous vos trésors ! » crient-ils.
Heureusement, Gaspa est passionnée d'arts martiaux,
ceinture noire de karaté, championne de taekwondo.
« On ne va tout de même pas perdre notre temps
avec ces malotrus alors que Jésus est né.
Non, j'ai une meilleure idée ! »
Une prise de judo et trois cris de kung-fu plus tard,
les voleurs sont à terre, immobilisés. Mais, au loin,
d'autres voleurs arrivent déjà, et avec, de nouveaux ennuis.
Heureusement, Baltha est là. Son passe-temps préféré est de
tricoter des tapis volants. Elle en fait des petits, des moyens, des
grands… « On ne va tout de même pas passer la soirée
à se battre. Non, j'ai une meilleure idée. »
Elle sort de son sac son dernier modèle de tapis, qui s'envole sitôt les
reines installées. Mais le tapis est tricoté en laine de lama sauvage,
ce qui le rend très indiscipliné. Il décide de prendre
des vacances et atterrit sur une île déserte.

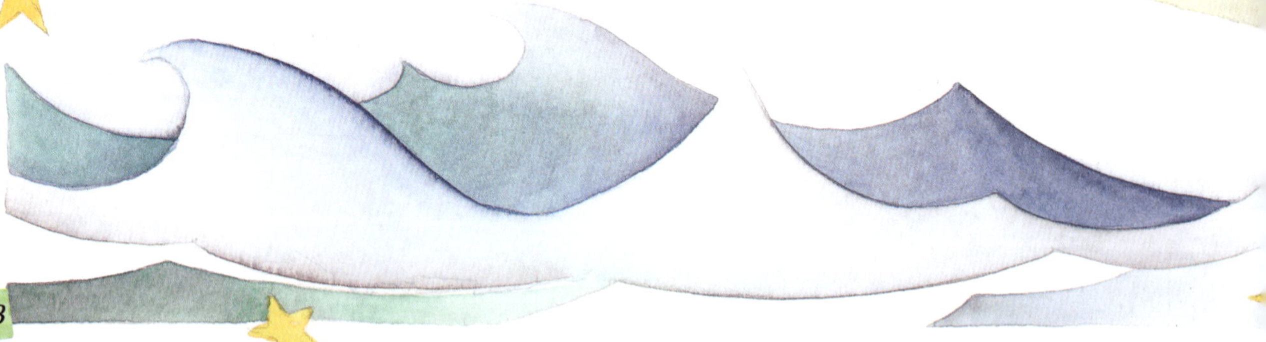

Les trois reines se retrouvent perdues au milieu de l'océan. L'étoile a disparu et la mission semble complètement fichue. Heureusement, Melchia est du voyage. La troisième reine adore bricoler. Elle est très douée pour démonter les machines et les améliorer.

« On ne va tout de même pas perdre notre temps à se faire bronzer sur la plage. Non, j'ai une meilleure idée. » Elle court chercher du bois pour construire un radeau. Puis elle se met à bricoler son sèche-cheveux qui se transforme bientôt en moteur de hors-bord. Enfin, elle sort son téléphone portable, qu'elle ne quitte jamais. Avec le GPS, pour se repérer n'importe où sur terre, elle localise vite fait l'étoile et les trois reines partent à toute vitesse sur le radeau de course.

Quand elles arrivent enfin à Bethléem, elles se précipitent sur le nouveau-né et l'accueillent en le couvrant de caresses, de baisers et de tendresse.

Mon papi a sûrement beaucoup d'imagination, mais, moi, je préfère sa version.

La princesse des Glaces

La princesse Cristalline vit au pôle Nord dans un palais de cristal. Comme beaucoup de princesses, elle est adorable mais assez coquine. Et ce jour-là, désobéissant à sa mère, la reine des Glaces, elle quitte le palais pour explorer la banquise.
« La glace se casse parfois, lui a souvent dit la reine. Et tu pourrais tomber dans le souterrain maudit de Mégère, la sorcière des mers ! » Mais sur son petit traîneau argenté, Cristalline a oublié les avertissements de sa mère.
Tout à coup, CRAAAC, la banquise casse et Cristalline tombe dans un tunnel. C'est affreux, elle est dans le souterrain maudit de Mégère la sorcière ! Et les parois sont si lisses qu'elle glisse de plus en plus vite, pendant longtemps, longtemps…
Terrorisée, Cristalline s'arrête enfin dans une petite pièce blanche. Une vitre pleine de buée laisse entrevoir une ombre et un chaudron. C'est sûrement Mégère.

Elle est déjà au courant de la chute
de la princesse et elle prépare un bouillon
bien chaud pour la manger.
Cristalline se fait toute petite. Elle entend
la sorcière grommeler d'une voix grave :
« Pas beaucoup de temps… Hum… les
enfants… Hum… je les aime tant. »
Mégère doit avoir grand-faim. Cristalline
se recroqueville autant qu'elle peut,
mais soudain, catastrophe, elle éternue :
« Atchoum ! » Aussitôt Mégère lève une main
et mille petites ombres jaillissent de partout.
« Quelqu'un traîne par là. Cherchez donc… »
Cristalline ferme les yeux, tremblant de peur. Mais tout près
d'elle, une voix chantonne : « Qu'elle est mignonne ! Tu crois
qu'une poupée lui ferait plaisir ? Elle a l'air si effrayée. »

Cristalline ouvre les yeux. Dix lutins la contemplent avant de détaler en criant : « Père Noël, on a trouvé une petite fille. Elle est tombée dans le tunnel enchanté ! » Le père Noël arrive aussitôt en souriant : « Tiens, mais c'est la princesse Cristalline qui a découvert le secret de mon atelier ! »
Cristalline se frotte les yeux : « Vous n'êtes pas Mégère ? Vous n'allez pas me manger ? »
— Ah, ah, ah ! » Le vieil homme rit si fort que les murs de glace s'entrechoquent. « Il n'y a aucune sorcière ici, foi de père Noël ! C'est moi qui ai tout inventé pour que personne ne cherche mon atelier. Mais puisque tu l'as trouvé, je t'emmène faire ma grande tournée dans mon traîneau ! »
Quel merveilleux Noël pour la princesse des Glaces même si, il faut l'avouer, elle a eu ce jour-là la plus grande peur de sa vie !

Une étoile raconte

Je suis née il y a des millions d'années. Et je brillerai encore dans des millions d'années. C'est très long la vie d'une étoile ! Eh bien, je vais vous dire une chose : la plus belle nuit que j'aie jamais vue, la plus belle nuit de tous les temps, c'est la nuit d'aujourd'hui. Le ciel brille de partout. Forcément ! Ce soir, un ange est venu nous prévenir : « Mesdames les étoiles, regardez bien du côté de Bethléem : c'est là que tout va se passer ! » Alors, mes sœurs et moi, nous nous sommes toutes levées pile à cet endroit-là pour assister à la plus belle scène du monde. J'ai tout vu. J'ai vu une maman arriver à Bethléem avec son gros ventre. Une maman aussi jolie que la plus jolie des étoiles. Son mari a frappé à toutes les portes : « S'il vous plaît, donnez-nous un abri, ma femme est épuisée ! »

Mais personne n'a pu accueillir Joseph et Marie, parce que les maisons sont pleines.
Alors, Joseph et Marie se sont installés dans une étable. C'est là que Marie vient d'avoir son bébé. Les pauvres, il fait un froid glacial ! Nous autres les étoiles, nous avons essayé de briller plus fort pour les réchauffer, mais il n'y a que le soleil qui soit doué pour cela. Le fainéant ! Dire qu'il est parti se coucher ! Heureusement que l'âne et le bœuf sont là pour souffler de l'air chaud sur ce petit bébé.
Mais… qu'est-ce que c'est que ces étoiles qui rampent par terre ? Je vais demander à ma voisine : « Hep, petite étoile, le sais-tu, toi ?

— Bien sûr ! Ce sont les bergers qui portent de grandes torches pour éclairer la nuit. Un ange est passé leur annoncer la naissance de Jésus. Ils ont quitté les feux qu'ils avaient allumés près de leurs troupeaux et ils accourent vers l'étable.
— Tu as raison ! Comme c'est beau, ces lumières qui clignotent dans la montagne ! Et ce calme ! On n'entend plus un bruit. Les anges ont rangé leurs trompettes pour laisser dormir Jésus. Mais il ne dort pas encore.
Il sourit à Marie, à Joseph, aux anges... et à nous !
Tiens... qui est cette immense étoile qui brille à l'horizon, plus fort que toutes les autres étoiles ? Tu la connais, voisine ?
— C'est l'étoile chargée de guider les rois mages jusqu'à Jésus.
— Dis donc, ils ont encore un bout de chemin à parcourir !
— Tu l'as dit ! La grande étoile scintille d'impatience. Elle voudrait bien se faire étoile filante pour nous rejoindre au-dessus de Bethléem. Mais elle doit avancer au rythme des chameaux. Sans elle, les mages se perdraient.
— Ne la plaignons pas : lorsqu'ils seront arrivés au bout de leur voyage, la grande étoile aura la chance de pouvoir se poser sur le toit de l'étable, tout près du bébé ! »

Le royaume des bonshommes de neige

Mattéo et Léo avaient fait un gros bonhomme de neige au milieu du champ. Il avait un nez carotte, des yeux clémentines, une bouche abricot sec, des cheveux haricots verts, des bras balais et, comme accessoires, le nouveau bonnet de Léo, les gants de ski de Mattéo et son écharpe bleue.
Ils avaient joué avec lui tout l'après-midi, et le bonhomme de neige était heureux. La nuit vint, et le bonhomme de neige se sentit un peu seul.
Il eut du mal à s'endormir et attendit avec impatience le lendemain. Mais les deux amis n'arrivèrent qu'après l'école et ne restèrent que jusqu'au dîner.
Et le bonhomme de neige fut de nouveau seul.
Au bout de deux jours, il était triste comme une congère.
« Ça ne va pas, bonhomme de neige ? lui demandèrent les deux amis.
— Les garçons, sans vouloir vous vexer, je commence à m'ennuyer tout seul dans mon champ. Je vous attends toute la journée et je ne peux pas bouger.
J'irais bien voir un peu de pays et me faire des amis.
— D'accord, répondirent les deux copains. Nous allons t'aider. »

Les deux garçons essayèrent de le mettre dans une brouette, mais le bonhomme de neige était trop lourd. Ils décidèrent de l'installer sur leur luge, mais elle était trop petite.
« Il faut lui chausser mes skis, dit Léo. Il descendra la pente tout seul. »
Léo alla chercher ses skis et les glissa, non sans peine, sous le bonhomme de neige.
« Tiens, mes bâtons, dit Léo, pour tourner, ça aide. Et mon masque, pour voir le relief. Et pour s'arrêter, chasse-neige, les skis en V.
Bon courage et à un de ces jours ! »

Et Léo lâcha le bonhomme de neige qui partit à toute vitesse, tout droit. Il franchit la clôture, traversa la route, évita de justesse une voiture, entra dans un jardin, frôla un sapin, sortit par le portillon du fond, en équilibre sur un ski.
Mais là, les choses se compliquèrent.
Il arriva dans le jardin d'enfants, prit le toboggan à l'envers et fit un vol plané spectaculaire.

Mattéo et Léo, coururent vers le champ où le bonhomme de neige était tombé. Ils trouvèrent les skis, le masque, l'écharpe et le bonnet, mais point de bonhomme de neige.

« Ça alors ! Il a disparu ! »

Disparu ? Vraiment ? Ça non ! Quand le bonhomme de neige se réveilla, mille flocons tournaient autour de sa tête. Il écarquilla ses yeux clémentines et vit des dizaines de bonshommes de neige autour de lui.

« Où suis-je ? demanda-t-il.

— Au royaume des bonshommes de neige. Les enfants croient que nous avons disparu, mais nous vivons là, tous ensemble. Allez, chausse tes nouveaux skis !

À voir ta chute, tu as encore des progrès à faire ! »

Et le bonhomme de neige s'élança, soutenu par ses nouveaux amis.

Noël du bon pied !

Seules au pied du grand sapin, les bottes marron s'ennuient.
Mais soudain…
« Salut ! »
Les bottes marron n'en croient pas leurs oreilles.
Les bottes du père Noël qui leur parlent !
« Pourquoi êtes-vous si tristes ?
demandent les bottes du père Noël.
— On s'ennuie à mourir, répondent
les bottes marron. Mais vous non plus
vous n'avez pas l'air très en forme.
— Nous sommes épuisées,
avouent les bottes du père Noël.
Cette tournée nous fatigue. »
Les deux paires de bottes se
regardent. Elles viennent d'avoir
une idée. Pourvu que le père Noël
soit d'accord…

Heureusement, le père Noël est un brave homme : il n'y voit aucun inconvénient. Alors, en moins d'une seconde, les bottes échangent leur place. Le père Noël enfile les bottes marron, tandis que les bottes noires se glissent sous le sapin pour faire une bonne sieste !
« Bon voyage ! » disent les bottes noires en bâillant, les yeux déjà lourds de sommeil.
« Reposez-vous bien ! » répondent les bottes marron tout excitées. Les bottes noires n'ont rien entendu. Épuisées, elles ronflent déjà doucement ! Pour les bottes marron, en revanche, c'est le début de l'aventure !

Aux pieds du père Noël, les voilà qui grimpent dans la cheminée et arrivent sur le toit.

« Aaaah ! » hurlent-elles, car elles ont un peu le vertige.

Heureusement, le père Noël les rassure et, dès qu'elles sont dans le traîneau, les bottes marron oublient aussitôt leur peur. Là, en dessous d'elles, tout est si beau ! Les toits sont recouverts de neige. Les guirlandes scintillent dans les maisons et les jardins. Les sapins sont magnifiquement décorés. Quel spectacle ! Et quel fou rire aussi ! Car à l'arrêt suivant, les bottes marron font leur premier tour de toboggan dans la cheminée immense d'une maison. C'est si rigolo de glisser dans le noir. Elles ont l'impression d'être à la fête foraine !
Tout est si nouveau et si amusant que les bottes marron ne voient pas le temps passer. Elles ne sentent pas non plus la fatigue.
Au petit matin, lorsque le père Noël revient les déposer au pied du sapin et récupère ses vraies chaussures, les bottes marron, fourbues, s'endorment aussitôt !

Le super-héros des enfants

Quelques jours avant la grande nuit de Noël, huit célèbres rennes se dégourdissent les pattes, tandis que leur maître, le père Noël en personne, scrute l'horizon d'un air songeur. Mais un objet volant non identifié passe à toute vitesse sous sa barbe, lui frisant la moustache aux extrémités.

« Sacré nom d'une bûche de Noël ! Quel est le malotru qui ne respecte pas la priorité ?

— Ohé, grand-père ! Vous ne voyez pas que vous êtes sur la piste d'entraînement des Supers ? Vous avez besoin de lunettes ?

— Des Supers… des Supers chauffards oui, marmonne le père Noël dans sa barbe.

— Pardon ? lui crie l'autre. Oui, c'est moi, Superman, le héros des enfants !

Et j'aimerais m'entraîner tranquillement. Alors, soyez gentil, allez promener vos biches ailleurs, merci. »

Quel affront ! Le père Noël rougit de colère, ses oreilles s'échauffent drôlement et ses yeux lui sortent de la tête, comme la fois où il a avalé son bretzel de travers.

« Hé ! Super-vantard ! Je parie que mes rennes vont plus vite à tirer mon traîneau que toi à traîner ton petit derrière !

— Ah ! ah ! ah ! rit Superman, un peu surpris. Grand-père a encore le sens de l'humour ! Eh bien, j'accepte le défi, ça m'entraînera. Essayez donc de me rattraper ! »

Et ni une ni deux, Superman plonge vers la ville à la vitesse de la lumière. Seul au milieu des nuages, le père Noël se sent beaucoup moins audacieux. Pourquoi ne pas rentrer sagement se faire un bon chocolat ? Mais, que se passe-t-il ? Le traîneau bouge dans tous les sens.

Les rennes s'impatientent, ils ont l'air plutôt vexés.

« Bon, d'accord, dit le père Noël. À la poursuite de Super-énervant ! Yahou ! »

Et les rennes partent au triple galop.

Pendant ce temps, Superman vogue au-dessus des cheminées.

Quand, tout à coup, des enfants crient de leur fenêtre : « Ohé, Superman ! C'est bien toi ?

— Oui, mes petits ! Mais je n'ai pas le temps pour les autographes aujourd'hui. Je suis poursuivi par un vieux fou… »

Mais les enfants ne l'écoutent plus.
Ils sont fascinés par un traîneau qui file à toute allure.
« Regardez, c'est le père Noël !» Et ils crient de plus belle.
«Vas-y, père Noël, t'es le plus fort ! »
Le père Noël n'en revient pas. Le sourire jusqu'aux oreilles,
il n'est pas peu fier.
Quant à Superman, il se rend enfin compte à qui il a affaire,
mais pas le temps de réfléchir, huit rennes foncent droit sur lui.
Il veut s'enfuir, mais il est stoppé net dans son élan.
Le premier renne vient d'attraper le bout
de sa cape avec les dents.
« Youpi ! Père Noël, tu as réussi ! »

Et c'est ainsi que Superman
apprit qu'un vieux fou avait
aussi sa place au royaume des
Supers, et devint même son ami.
Car comme héros des enfants,
le père Noël est sans aucun
doute le plus grand !

Un facteur pas comme les autres

Il était une fois un petit garçon qui s'appelait Gaston. Il habitait une tour immense avec plein d'appartements et un gigantesque mur de boîtes aux lettres dans l'entrée : deux cent soixante-dix-huit exactement !
« Dis donc, mon garçon, tu voudrais bien m'aider ? demande un jour le facteur. J'ai une livraison spéciale. » Et il sort de sa sacoche des catalogues de jouets : deux cent soixante-dix-huit exactement !
Gaston aime bien le facteur avec son vélo jaune, son ventre rond et ses belles bottes rouge foncé. Alors il l'aide à remplir toutes les boîtes aux lettres. « Pour te remercier, je te donne un catalogue supplémentaire, un catalogue pas ordinaire ! » déclare le facteur. Gaston feuillette le catalogue : il n'a vraiment rien de spécial… Ce facteur, quel farceur !

Rentré chez lui, il entoure au crayon rouge les cadeaux qui le font rêver : une fusée, de la peinture, une canne à pêche… « J'aimerais tellement tout avoir ! » pense Gaston. Lorsqu'il a fini d'entourer tous les jouets du catalogue, il le glisse sous son oreiller. Et chaque soir, avant de dormir, il le regarde en rêvant.

Au milieu de la nuit du 24 décembre, Gaston se réveille : son oreiller fait une grosse bosse, et en dessous, et partout tout autour, il y a… tous les jouets du catalogue ! Incroyable !

Gaston est fou de joie ! Il se lève pour prévenir ses parents, mais il trouve devant sa porte une paire de bottes rouge foncé avec un petit mot à l'intérieur : « Gaston, je suis débordé, j'ai besoin de ton aide. Signé : P. N. »

« Zut, ces jouets ne sont pas pour moi » pense Gaston, déçu.

En boudant, il enfile la paire de bottes. Ça alors, elles rapetissent juste à sa pointure… et deux rennes et un traîneau étincelant apparaissent à la fenêtre !
« Génial, cette nuit, c'est moi le père Noël » sourit Gaston. Il charge tous les jouets dans l'attelage, puis il commence sa tournée. « Hue ! J'ai beaucoup de cadeaux à distribuer : deux cent soixante-dix-huit exactement ! »
Le lendemain matin, sa maman vient le réveiller : « Gaston, quelle idée d'avoir dormi avec des bottes ! Viens voir, le père Noël est passé ! » Gaston bâille : il a volé toute la nuit dans le traîneau du père Noël. Mais il ne racontera rien aux grands… Et il regarde ses bottes en souriant !

Les cadeaux du pharaon

Il était une fois un petit garçon prénommé Sethi qui vivait dans l'Égypte ancienne.

Alors qu'il rentrait tard de l'école, en passant devant la grande pyramide de Khéops, il rencontra un curieux vieil homme vêtu de rouge : « Pardon mon petit, je cherche la cheminée de cette drôle de maison, tu ne saurais pas où elle se trouve ? » lui demanda l'étrange bonhomme en montrant la pyramide.

« Il n'y en a pas, Monsieur, répondit Sethi étonné. Pourquoi y aurait-il une cheminée sur la pyramide du pharaon Khéops ? Khéops n'a pas besoin de cheminée !

— Ah zut, encore une maison avec le chauffage central. Comment vais-je rentrer là-dedans ? » grommela le vieux bonhomme l'air embêté.

« Le chauffage central ? Qu'est-ce que c'est ? Et puis, pourquoi vouloir rentrer dans la maison de Khéops ?

— Mais... pour lui donner ses cadeaux », dit le vieil homme, de plus en plus contrarié.
« Ah bon ! Mais ce n'est pas la peine : Khéops a reçu tous ses présents quand il est entré dans cette demeure ! »
Le bonhomme fixa Sethi avec stupéfaction : « Comment ? Vous lui avez donné ses cadeaux avant Noël ?
— Noël ? Qu'est-ce que c'est ? » s'étonna Sethi, qui se demandait s'il n'aurait pas dû mieux étudier sa leçon de mythologie.
« Tu ne connais pas Noël ? Mais dans quel pays suis-je donc ? Je n'y comprends plus rien !!! » s'exclama le vieil homme.
Le visage de Sethi s'illumina, car cette fois il connaissait la réponse : « Nous sommes en Égypte, sous le règne de Ramsès II, troisième pharaon de la XIXe dynastie !!! »
Le vieil homme éclata de rire :
« Je comprends maintenant ! C'est ce farceur de professeur Wells qui a placé mon traîneau dans une machine à voyager dans le temps !!! J'aurais pu chercher la cheminée encore longtemps, alors !
Attends que je rentre au pôle Nord, il va m'entendre celui-là... »

Le bonhomme commença à retourner vers un étrange char tiré par de drôles d'animaux et marmonnait dans sa barbe : « C'est vrai que le nom de Khéops me disait quelque chose... La mère Noël a raison, je devrais lire plus souvent les journaux. »

Soudain, il s'arrêta, puis, après une pause, il revint vers Sethi.

« Écoute mon petit, tu m'as rendu un fier service. En plus, maintenant je ne sais plus quoi faire de ces cadeaux ! Alors tiens, ils sont pour toi, tu les as bien mérités ! »

Et il tendit à Sethi tout le contenu de la hotte qu'il portait sur son dos ! Sethi n'avait jamais reçu autant de cadeaux d'un coup !

Quand il rentra chez lui, Sethi demanda qu'on fasse une grande fête. Et c'est ainsi que dans la famille de Sethi on fête tous les ans le souvenir du jour où le père Noël, car c'était bien lui, était venu livrer des cadeaux plus de mille ans trop tôt !

Les jambons de saint Nicolas

« Bonjour, je suis Picotin, l'âne de saint Nicolas !
C'est moi qui le porte sur mon dos quand il vient visiter les maisons, au mois de décembre. Alors, imaginez toutes les aventures qui me sont arrivées, avec un maître pareil… Tenez, je me souviens d'une histoire incroyable : Claudion, Philippe et Simon étaient les fils d'un brave bûcheron.
De très gentils enfants.
Un jour, mon maître, déguisé en mendiant, cherchait une maison où passer la nuit.
Le bûcheron et sa femme furent les seuls à lui ouvrir leur porte. Ils lui préparèrent un bon dîner et le firent dormir dans un lit moelleux.
Moi aussi, je fus très bien traité ! Claudion et Philippe m'ont donné plein d'avoine dans l'étable. Et Simon, sans compter son temps, m'a frotté de bon cœur le dos avec de la paille.
Mon maître était très touché du si bon accueil de ces braves gens, et il espérait bien pouvoir les remercier un jour.

Or, peu de temps après, ce fut la saison de la moisson. Le bûcheron demande à ses fils d'aller ramasser les grains de blé. Les trois garçons y vont de ce pas. Mais ils ne voient pas le temps passer, et voici que la nuit est tombée. Impossible de rentrer chez eux, ils se sont perdus !

Soudain, Philippe dit à ses frères : " Regardez, une lumière brille au loin ! Ce doit être une maison. Allons-y. "

Arrivés devant la maison, un grand et gros monsieur ouvre la porte. Simon lui demande : " Monsieur, nous sommes perdus. Pourrions-nous dormir chez vous ? " L'homme, qui était boucher, les invite à entrer. Mais aussitôt que la porte est refermée, le boucher les tue et les met dans son saloir, avec les jambons. C'était un ogre !

Sept ans plus tard, mon maître retourne chez le bûcheron qui l'avait bien accueilli. Mon maître s'étonne de l'absence des gamins.

La malheureuse mère éclate alors en sanglots et lui raconte qu'ils ont disparu depuis sept ans.

Le soir, mon maître prie de tout son cœur. Puis, sautant sur mon dos, il me glisse à l'oreille : “ File à l'autre bout de la forêt. Je sais où sont les enfants. ”
Presque arrivés chez le boucher, mon maître remet ses habits dorés d'évêque.
Il sait bien qu'habillé en mendiant le méchant boucher ne lui ouvrirait pas la porte !
Il frappe, le boucher lui ouvre. En voyant les beaux habits de l'évêque, il l'invite à dîner.
C'est un magnifique festin que le boucher a préparé ! Mais mon maître n'en veut pas.
Il dit au boucher : “ Si tu veux me faire plaisir, donne-moi de ces délicieux jambons salés qui se trouvent dans ton saloir depuis sept ans. ”
Le boucher blêmit. Il est démasqué ! Aussitôt, il s'enfuit en courant.
Mon maître va alors dans le saloir et lève trois doigts sur les trois jambons : et aussitôt après, ce sont Claudion, Philippe et Simon qui bâillent, s'ébrouent, comme s'ils se réveillaient d'un somme…
Nous filons vers la maison de leurs parents : et ce fut alors des embrassades et une fête mémorable. »

Les vieux jouets

Il était une fois Muscade l'ours blanc et Papou l'éléphant rouge, deux vieux jouets abandonnés et malheureux au fond d'une malle. Ils avaient appartenu autrefois à des enfants. Mais ceux-ci avaient grandi, ils avaient préféré de nouveaux jouets, puis ils les avaient oubliés.
Un soir, Papou dit à Muscade : « Il y a très longtemps, j'ai entendu parler d'un endroit où les vieux jouets sont réparés, dorlotés et aimés comme s'ils étaient neufs. »
Muscade qui somnolait se redressa : « Où est-ce ? demanda-t-il.
— C'est loin, au fond d'une forêt, dans un pays où il neige toute l'année », répondit Papou.

Sans hésiter, l'ours et l'éléphant bondirent hors de la malle, et s'enfuirent. Les deux jouets trottinèrent toute la nuit. Soudain, une forêt se dressa devant eux, épaisse et menaçante. Papou et Muscade se regardèrent, anxieux, et entrèrent dans les bois. Des flocons de neige se mirent à tomber. Ils arrivèrent devant une maison aux murs noirs comme la suie. Muscade et Papou, tout excités, frappèrent à la porte. Une sorcière leur ouvrit et se pencha vers eux d'un air mauvais. « Bonjour, madame, est-ce ici le pays des vieux jouets ? demanda poliment Papou.

— Pouah, des jouets ! Je déteste les jouets ! Filez, sales bestioles, avant que je vous transforme en crapauds ! Ouste ! » hurla la vieille en saisissant un balai. Épouvantés, Papou et Muscade détalèrent.

Ils poursuivirent leur chemin dans le froid. Ils arrivèrent devant une maison percée de fenêtres qui ressemblaient à des yeux méchants. Pas très rassurés, ils frappèrent à la porte. Un ogre leur ouvrit et se pencha vers eux d'un air mauvais. « Bonjour, monsieur, est-ce ici le pays des vieux jouets ? demanda Muscade, inquiet.

— Non ! Mais vous semblez encore assez dodus pour que je vous dévore tout crus ! Miam ! Miam ! » hurla l'ogre en se saisissant d'une marmite. Terrifiés, Papou et Muscade prirent la fuite.

Ils marchèrent encore longtemps. Ils étaient fatigués. Enfin, ils arrivèrent devant une petite maison coquette et décorée de guirlandes. De drôles d'animaux avec de grands bois sur la tête dormaient dans un petit enclos. Les deux amis n'osaient pas frapper à la porte.
Soudain celle-ci s'ouvrit. Un vieil homme à barbe blanche, vêtu d'une chaude veste rouge, se tenait sur le seuil. Il se pencha vers eux d'un air gentil. « Bonsoir, mes amis. Vous avez l'air épuisé. Entrez vite vous réchauffer. »
Derrière le bonhomme, Muscade et Papou aperçurent des poupées qui jouaient à cache-cache, des petits soldats qui jouaient aux dames, des ours en peluche qui jouaient du tambour et des centaines de vieux jouets en train de rire et s'amuser. Alors, l'ours et l'éléphant se regardèrent, heureux.
Leur voyage était fini ! Ils avaient enfin trouvé le pays des vieux jouets !

La merveilleuse histoire de Noël

Toc, toc, toc…

« Qui est là ? ronchonna le bœuf avec lassitude.

— Je suis Joseph, et je suis avec ma femme Marie. On nous a dit qu'il n'y avait plus de place pour nous à l'auberge et que nous pouvions venir ici, dans votre étable, pour la nuit…

— Le bœuf et moi, nous avons travaillé toute la journée, alors on aimerait bien se reposer un peu maintenant, répondit l'âne.

— C'est-à-dire que ma femme est sur le point d'accoucher, alors ça presse…

— On ne peut pas être un peu tranquilles, ce n'est pas possible », dit le bœuf en allant ouvrir la porte de l'étable de mauvaise grâce.

Mais quand il vit le visage fatigué de Marie et l'inquiétude de Joseph, il se radoucit.
« Installez-vous ici, ma petite dame, la paille est fraîche, on l'a changée hier. »
Et Marie se coucha dans la paille et, dans la nuit, elle mit au monde son premier enfant et l'emmaillota dans un lange.
Le bœuf et l'âne s'approchèrent lentement pour voir à quoi ressemblait ce petit d'homme qui venait de naître.
« Il est si petit, ce n'est pas croyable, dit le bœuf.
— Et regarde, il a une toute petite tête toute mignonne, dit l'âne.
— Et il y en a déjà plus dans sa petite tête que toi dans ta grosse tête d'âne. Ah, ah, ah ! rigola le bœuf.
— Au lieu de faire des blagues pas drôles, tu pourrais peut-être lui prêter ta mangeoire, à cet enfant, qu'on lui fasse un joli berceau avec.
— Pas bête, l'âne, tu vois quand tu veux ! »
Et le bœuf et l'âne remplirent la mangeoire de paille fraîche.

Marie y déposa l'enfant et l'installa confortablement.

« Voilà, comme ça, il est bien maintenant, dit l'âne.

— Tu ne crois pas qu'il peut prendre froid ? La nuit est bien fraîche et le vent passe à travers les planches en bois de l'étable. Il faudrait qu'on le réchauffe ce petit bout…

— Je vais le prendre dans mes pattes, dit l'âne.

— Non, moi plutôt, je suis moins maladroit, répliqua le bœuf.

— C'est gentil, les amis, dit Joseph, mais je crois qu'il vaut mieux qu'il reste bien au chaud dans la paille. Peut-être pourriez-vous le réchauffer de votre souffle plutôt ? »

L'âne et le bœuf se penchèrent sur la mangeoire et soufflèrent de toutes leurs forces, à en être tout étourdis.

Mais bientôt arrivèrent les bergers que l'ange avait prévenus de la naissance de Jésus.

Ils étaient nombreux à vouloir présenter leurs hommages à l'enfant, dans l'étable de l'âne et du bœuf.

Et c'est ainsi que les deux compères devinrent l'âne et le bœuf les plus célèbres de toute l'histoire de l'humanité.

Le Noël de M. Toutoudesuite

Dimitri était un petit garçon très impatient qui ne supportait pas d'attendre. Sous peine d'entrer dans une colère noire, il lui fallait tout, tout de suite : son doudou, son dessert, une histoire, un nouveau jouet…

Les gens le trouvaient très malpoli, ses amis ne voulaient plus jouer avec lui et ses parents, débordés, l'avaient surnommé « Monsieur Toutoudesuite ».

Une année à Noël, très tôt le matin, Dimitri découvrit dans ses chaussures un cadeau gigantesque. Jamais il n'en avait vu de si gros ! Comme à son habitude, il n'attendit pas que ses parents se réveillent pour ouvrir le paquet. Il se précipita dessus et arracha le papier étoilé. Une jolie boîte rouge apparut.
Dimitri en retira le couvercle avec impatience et trouva à l'intérieur… un deuxième paquet recouvert de papier rayé.
Vite, le petit garçon sortit ce nouveau paquet de la boîte, arracha le papier rayé et tomba sur une boîte verte. Il l'ouvrit aussitôt pour y découvrir… un troisième cadeau emballé dans un papier brillant. Dimitri le sortit, déchira le papier et vit apparaître une boîte jaune. Très excité, Dimitri en retira le couvercle et aperçut à l'intérieur… un quatrième paquet entouré de papier crépon.
Une boîte bleue, un papier à pois, une boîte rose, un papier rouge, une boîte violette…

Dimitri n'en finissait pas de déballer, ouvrir, déchirer, déballer, ouvrir, déchirer. Tant et si bien que lorsque ses parents le rejoignirent quelques heures plus tard, le petit garçon continuait d'ouvrir son mystérieux cadeau, perdu au milieu des papiers et des boîtes.
Dimitri y passa la journée tout entière et il commençait à faire nuit lorsqu'il n'eut plus devant lui qu'une minuscule boîte verte. Il l'ouvrit avec cérémonie et y découvrit une bille, une simple bille jaune.
« Une bille ! s'extasia-t-il en admirant la petite boule jaune. La plus belle bille du monde ! »
Les parents de Dimitri se demandèrent si leur fils n'était pas malade, car il avait déjà des centaines de billes, toutes plus belles que celle-ci. Ce qu'ils ne comprirent pas tout de suite, c'est que le petit garçon avait tant attendu avant de découvrir cette bille qu'elle était devenue pour lui un véritable trésor. Ce Noël-là, grâce à une minuscule bille, Dimitri reçut un cadeau bien plus merveilleux encore : la patience !

Les matriochkas de Sergeï et Natacha

Une bien étrange scène se produit, chaque année, au fin fond de la Russie. Elle a lieu dans la pauvre demeure de Sergeï Ivanov et de Natacha Ivanova. Ces deux vieux paysans ont une petite isba, dans la grande forêt de Sibérie, loin, très loin de Moscou, loin, très loin de tout. Pendant longtemps, ils n'aimaient pas beaucoup Noël, car ils n'avaient jamais pu avoir d'enfants. Mais depuis quelques années, Sergeï Ivanov et Natacha Ivanova attendent décembre avec impatience. Car à chaque Noël, il se passe une chose extraordinaire...

En effet, Sergeï et Natacha ont la plus ravissante des matriochkas de toute la Russie. C'est une poupée de bois peinte, qui ressemble à une paysanne. Et si on la dévisse, on trouve à l'intérieur une autre poupée plus petite, qu'on peut dévisser à son tour et on y trouvera encore une autre poupée...

La matriochka de Sergeï et Natacha est très haute et, dedans, il y en a plus de quinze autres, de plus en plus petites. On dirait toute une famille de petites filles ! Et ce sont ces poupées que le père Noël vient gâter, chaque année.

À minuit, le visiteur rouge et blanc descend par la cheminée. Il sort de sa poche un minuscule paquet et demande à la plus grande des poupées : « J'ai un cadeau pour la plus petite poupée de la maison. Est-ce toi ? » Alors, la grande poupée, qui s'appelle Elena, dit : « Oh oui, oui, c'est moi… » Le père Noël éclate de rire et dit : « Menteuse, ouvre-toi ! » Il dévisse Elena, pour recommencer devant la deuxième matriochka, qui s'appelle Sacha : « J'ai un cadeau pour la plus petite poupée de la maison… Est-ce toi ? »

Bien sûr, toutes les poupées mentent à tour de rôle, car elles sont impatientes d'ouvrir le minuscule paquet. Mais le père Noël les dévisse les unes après les autres, jusqu'à la dernière… Cette année, la plus petite matriochka s'appelle Katja. Le père Noël lui demande : « J'ai un cadeau pour la plus petite poupée de la maison. Est-ce toi ? » Katja répond en bondissant de joie : « Oh oui, oh oui, c'est moi ! »

Alors, le père Noël, du bout de ses gros doigts, lui tend le cadeau. Katja le dénoue, et dans la boîte, il y a… une matriochka encore plus minuscule.
Le visiteur dévisse Katja. Il lui dit : « Joyeux Noël, voilà ta petite sœur. Elle s'appelle Anna », et il glisse Anna dans le ventre de Katja. Puis, il referme chacune des matriochkas sur la précédente, avant de repartir sur son traîneau dans la nuit de la taïga.
Il reviendra l'année prochaine, avec un cadeau qui sera, cette fois… pour Anna !
Et c'est ainsi que chaque matin de Noël, Sergeï Ivanov et Natacha Ivanova trouvent une nouvelle poupée dans leur matriochka… Ils n'y comprennent rien, bien sûr, mais Sergeï joue un air de balalaïka et Natacha prépare un menu de Noël pour toutes les poupées. Devant ce miracle de Noël qui revient chaque année, les deux vieux paysans ont retrouvé la joie, au fond de leur isba.

La chorale des anges

« Bon, c'est pas bientôt fini ce chahut, s'impatienta l'archange Michel en tapant sur son pupitre avec sa baguette de chef de chœur. La répétition va commencer ! Je vous rappelle que Noël, c'est dans six jours, et qu'on a encore du pain sur la planche ! Au boulot ! »

Les anges gagnèrent leur place en traînant les ailes. Depuis le 1er décembre, ils répétaient tous les jours et ils commençaient à en avoir un peu assez.

« Évidemment, toujours en retard ! dit l'archange Michel au retardataire, l'ange Raphaël, qui tentait de se faufiler discrètement. Et en plus, il manque du monde ! Où est l'ange Gabriel ?

— Dans son lit. Il a la grippe, répondit l'ange Haniel. Quelle chance il a ! » ajouta-t-il tout bas.

« Eh bien, tant pis pour les tire-au-flanc !
Ange Camaël, donnez-moi un la, s'il vous plaît. »
L'ange Camaël souffla de toutes ses forces dans sa trompette, mais aucun son n'en sortit.
« Alors, j'attends ! Que se passe-t-il ?
— Je ne sais pas, je ne comprends pas », dit l'ange Camaël.
Et il retourna sa trompette. En tomba un gros chiffon, qui empêchait l'air de passer ! Tous les anges éclatèrent de rire !
« Ah bravo ! Vous croyez qu'on a du temps à perdre avec ce genre de plaisanterie ! Un peu de sérieux, tout de même.
Allez, un, deux, trois :
"Les anges dans nos campagnes ont entonné l'hymne des cieux…" »
Et les anges se mirent à chanter.
« Arrêtez, arrêtez, c'est une catastrophe ! cria l'archange Michel, les deux ailes sur les oreilles. Il n'y a pas deux anges qui chantent juste ! Et vous là-haut, ange Tzadkiel, vous le faites exprès ! Vous chantez si fort que vous allez tous nous rendre sourds !
— À la dernière répétition, vous avez dit de donner de la voix, alors moi, je donne de la voix, répondit l'ange Tzadkiel.
— Donner de la voix ne veut pas dire hurler ! Bon, recommençons !
Un, deux, trois… »

Et les anges se remirent à chanter.
« Non, arrêtez, pitié, de grâce pour mes oreilles, dit l'archange Michel, qui commençait à s'arracher les plumes des ailes.
Mais qu'est-ce qui vous arrive ? Vous chantez comme des casseroles !
— C'est que les copains et moi, oh ! pas tous évidemment, on a mis des boules de coton dans les oreilles parce qu'on n'arrive pas à garder chacun notre voix quand on chante ensemble, répondit l'ange Haniel.
— Quoi ! Vous voulez dire que la moitié de la chorale a les oreilles bouchées ! Vous plaisantez ?
— Non, rougirent les anges.
— Et je m'étonne que vous brayiez comme des ânes !
Mais chanter ensemble, c'est écouter les autres !
Écoutez-moi : Laaaa..., chanta l'archange Michel. À vous !
— Laaaa..., chantèrent les anges.
— Vous voyez, vous chantez juste. Enlevez vos bouchons d'oreilles et allons-y. »
Et le jour de Noël, les anges laissèrent leurs boules de coton au placard et leur hymne magnifique s'éleva dans les cieux. Les plumes de leurs ailes en frissonnèrent de plaisir !

La longue attente de Noël

Il était une fois un petit garçon et son gros chat qui rêvaient de surprendre le père Noël en train de déposer les cadeaux au pied du sapin.
Chaque année, lorsque le soir de Noël arrivait, Mathieu et Gaspard se cachaient derrière le canapé du salon, en face de la cheminée, pour essayer de l'apercevoir. Hélas, ils finissaient toujours par s'endormir et le père Noël passait pendant leur sommeil.
Cette année-là, Gaspard le chat eut une idée. « Cache-toi derrière le canapé, miaula-t-il. Moi, je me coucherai devant la fenêtre du grenier. Je verrai le traîneau du père Noël ! Et aussitôt, je te préviendrai. »
Mathieu et Gaspard s'installèrent chacun à leur place et l'attente commença.

Quand minuit sonna, Gaspard le chat dormait déjà profondément ! Mathieu, lui, commençait à avoir faim.

Il quitta sa cachette dans le salon et il alla dans la cuisine pour se préparer un goûter.

Mais à ce moment, devinez qui se posa sur le toit enneigé ?

Le père Noël, bien sûr !

Il descendit par la cheminée du salon et, une fois arrivé dans la pièce, il s'assura qu'il n'y avait personne. Puis il sortit les cadeaux de sa hotte et il les glissa sous le sapin.

Il allait repartir quand il sentit une bonne odeur de pain grillé et de chocolat qui venait de la cuisine.

« Mmm, se dit le père Noël. Je mangerais bien un petit quelque chose avant de repartir. »

Pendant ce temps, les rennes qui piétinaient sur le toit réveillèrent Gaspard.

Vite, il appela Mathieu : « Viens voir, le traîneau du père Noël est sur le toit. »

Mathieu abandonna son goûter et grimpa l'escalier en courant. Il regarda par la fenêtre et aperçut le traîneau sur le toit.

« Le père Noël est certainement dans la maison.
Vite, descendons le voir. » Les deux amis dévalèrent l'escalier mais, quand ils arrivèrent dans le salon, la pièce était vide.
Dans la cuisine, le père Noël avait fini de goûter.
« Mais où est-il ? » se demandèrent Mathieu et Gaspard.
« Il est déjà reparti », dit Mathieu. Ils remontèrent en courant au grenier.
Mais ils n'allaient pas assez vite. Le père Noël, lui, était passé par la cheminée et ils virent seulement le traîneau du père Noël s'envoler, suivi d'une poussière d'étoiles et des tintements des grelots.
Mathieu et Gaspard scrutèrent longtemps le ciel étoilé avec l'espoir que le père Noël repasse dans leur quartier mais, au petit matin, ils finirent par s'endormir, épuisés par tant d'émotions. Le lendemain, ils pensaient avoir rêvé mais, dans la cuisine, à la place du chocolat chaud et de la tartine grillée, il y avait un petit mot :
« Merci, Mathieu, je me suis bien régalé. Joyeux Noël et à l'année prochaine. Le père Noël. »

Un curieux calendrier

Ce matin, la maison est réveillée par un rugissement :
« Qui a ENCORE ouvert mon calendrier de l'Avent ? »
En entendant ce cri, papa, maman et Nicolas, tous en pyjamas, se précipitent dans la chambre de Justine.
« Justine, tu exagères, dit papa d'une voix ensommeillée. Tu nous as déjà fait le coup hier ! Voyons, personne n'a touché à ton calendrier : nous dormions tous à poings fermés ! »
Justine est très fâchée : « Mais regardez ! Hier, j'avais trouvé trois fenêtres ouvertes en avance : la 14, la 17 et la 22.

Ce matin, c'est la 24, la dernière et la plus belle ! C'est malin,
je n'aurai pas la surprise le jour de Noël ! »
Toute la famille se penche sur le calendrier.
Justine dit vrai : la grande fenêtre est ouverte,
ses deux volets sont dépliés !
À l'intérieur, il y a une magnifique image
et un morceau de chocolat doré…
Qui a fait ce mauvais coup, sans même chiper le chocolat ?
« Écoute, Justine, dit Nicolas le grand frère.
La nuit prochaine, je dors dans ta chambre.
On montera la garde à tour de rôle. Si le coupable
revient… gare à lui ! »
Le soir venu, Nicolas s'installe chez sa petite sœur.
Il a apporté son matelas, son oreiller, un parapluie
et un piège à souris.
Il place le piège sous le calendrier, là où le coupable posera ses pieds :
il sera bien attrapé ! Le parapluie servira d'arme, au cas où…
Une longue nuit commence pour le frère et la sœur.
À minuit, le coupable n'a toujours pas
montré le bout de son nez…

Soudain, la petite fille entend un bruit discret, comme un frottement de papier, venant du calendrier. Frr ! la case 16 s'est ouverte toute seule.
Mais, se sentant observée, elle s'est aussitôt refermée !
Justine bondit sur son calendrier, en évitant soigneusement le piège à souris.
« Chipie de calendrier ! Alors c'est toi qui ouvres tes fenêtres tout seul, mal élevé ? »
Le calendrier tremble de toutes ses fenêtres ouvertes : « Pardon, pardon… C'est que… J'étais curieux… J'avais envie de, de… voir à quoi je ressemblais ! Il y a une glace sur le mur d'en face… Je voulais m'y regarder…
— Et moi, tu crois que je ne suis pas curieuse ? gronde Justine en secouant le calendrier comme un prunier. Tu crois que je n'ai pas envie d'ouvrir toutes tes fenêtres d'un coup ? Mais j'attends, moi, môssieur ! Sans la patience, il n'y a plus de surprises et, sans surprises, on s'ennuie dans la vie ! Compris ? »
Le calendrier n'ose plus risquer un mot.

Est-ce qu'il a vraiment compris ?

Pour le vérifier,
Justine devra attendre
la prochaine nuit…

La bûche de Noël arc-en-ciel

Émilie a attendu que tout le monde s'endorme pour se glisser dans la cuisine. Elle meurt d'envie de goûter à la bûche de Noël qu'elle a préparée avec sa maman. Les yeux gourmands, elle ouvre le frigidaire et s'empare de la pâtisserie. Mais le plat lui échappe des mains et, patatras !, s'écrase sur le sol.
« Oh non ! Je vais me faire gronder et en plus, il n'y aura pas de dessert pour Noël ! » se lamente Émilie.
C'est alors que dans un tourbillon arc-en-ciel surgissent trois lutins.

« SOS-Dessert à ton service ! claironne Le Joufflu.

— On t'emmène au marché des lutins ! annonce Le Dodu.

— Il y a tout ce qu'il faut pour préparer une nouvelle bûche ! » ajoute Le Goulu.

Et sans plus attendre, ils entraînent Émilie dans leur tourbillon multicolore.

Quand elle rouvre les yeux, elle ne sait plus où regarder. Des dizaines de lutins s'activent derrière leurs étals colorés. Ils vendent des choses qu'elle n'a jamais vues : de la gelée verte, de la farine orange, des œufs carrés et une poudre rose qui sent si bon qu'elle plongerait bien le nez dedans.

« De la Galigounize, indique Le Joufflu en se frottant le ventre.

— J'en prends deux cents grammes ! » dit Émilie, enthousiaste.

Un peu plus loin, un coulis jaune mijote dans une grosse marmite.

« De la Patalanisse, dit Le Dodu en se léchant les babines.

— Donnez-m'en vingt centilitres ! » s'écrie Émilie.
Le Goulu arrive alors les bras chargés de gourmandises.
« Voilà des Zoglabouldis, des Blourboules et des Croqlabuzes !
— Et ces graines bleues, on en prend un peu ? » demande Émilie.
Les trois lutins se regardent. « Ça a un goût de céleri.
— Beurk ! » grimace Émilie. Et ils éclatent de rire.
« Il est temps de rentrer préparer le dessert ! »
Le tourbillon arc-en-ciel les ramène dans la cuisine d'Émilie.
Ils s'affairent toute la nuit, font fondre les Croqlabuzes, épluchent les Blourboules et mélangent la Galigounize avec la Patalanisse…
Le lendemain, à l'heure du dessert, Émilie apporte une magnifique bûche rose saupoudrée de sucre arc-en-ciel.
Tout le monde est impressionné.
« Mais ce n'est pas ma bûche ! » s'étonne la maman d'Émilie.
Elle goûte… et la trouve bien meilleure que la sienne !
« Il faudra que tu nous donnes la recette.
— Si je vous la disais, vous ne me croiriez pas ! » assure Émilie.
Elle jette un coup d'œil sous la table et aperçoit les lutins s'éclipser dans un tourbillon arc-en-ciel.

Rien n'arrête le père Noël !

Il fait si froid en cette veille de Noël que les habitants de Québec se demandent si le père Noël va oser venir jusque chez eux : « Le temps s'est sévèrement crossé depuis quelques jours ! Il fait bien frette, tout de même ! Y'a tant de brins de neige qu'on n'y voit pas plus loin que le bout de son nez. Et avec ce nordais qui souffle, c'est une vraie poudrerie dehors ! Le père Noël ne va pas venir ct'année, je suis prêt à le parier !

— Non, papa. Moi, je suis sûr qu'il viendra, le méchant temps n'arrêtera pas le père Noël, dit le petit Matthieu. Je suis sûr qu'il viendra, rien ne l'arrêtera !

— Allez, mon Matthieu, il faut le comprendre, le père Noël : c'est pas un temps à mettre le nez dehors ! Et il n'a pas envie d'attraper froid !

— Il est courageux, le père Noël, il ne craint pas les maladies.
— Et sa carriole, t'y as pensé ? Il va jamais réussir à la démarrer. Le gaz va geler à l'intérieur !
— Le père Noël vient en traîneau, ce sont les rennes qui le tirent. Alors, que le gaz gèle, il s'en moque, il n'en a pas besoin !
— Tabarouette, que t'es tocson tout de même ! Ses rennes ne voudront pas venir non plus. Ils vont débrayer, ça c'est sûr ! Ils préféreront rester bien au chaud dans l'étable !
— Papa, tu dis des folleries ! Ça s'peut pas qu'il ne vienne pas, ça s'peut pas ! Le père Noël viendra, et ses rennes avec lui ! »
Et Matthieu court s'enfermer dans sa chambre.
« Allez fiston, fais pas la baboune, vient murmurer le papa à la porte de la chambre de son petit garçon. Je te souhaite qu'il vienne, je te le souhaite vraiment. »

Mais ce soir-là, en se couchant, le petit Matthieu a des doutes plein la tête. Et si le père Noël ne venait pas !
Alors, il se relève et lui adresse ces quelques mots dans la nuit :
« Père Noël, je t'en prie, viens ! Je te donne mes alaskas fourrées et mon coat bien épais, quatre chandails, trois paires de bas, mes mitaines préférées, comme ça tu auras bien chaud, tu ne tomberas pas malade, mais viens, s'il te plaît ! »
Le lendemain matin, Matthieu court au pied du sapin. Et là, un tas de cadeaux l'attendent et le paquet de vêtements chauds a disparu.
Et Matthieu turlutte : « Ciboire électrique, c'est super ! Le père Noël est venu, il est venu ! Je t'avais bien dit, je t'avais bien dit !
— Tu avais raison, fiston, j'ai été bien niaiseux de croire que le méchant temps arrêterait le père Noël ! »

Un gâteau bien mystérieux

Aujourd'hui, c'est un grand jour : Odette la taupe reçoit ses amis pour le goûter de Noël. Les truffes sont prêtes, les sablés sont bien grillés, le pain d'épices est un délice... et elle veut leur concocter son fameux gâteau italien.

Mais... catastrophe ! Odette a perdu ses lunettes, et elle ne voit pas plus loin que le bout de son petit nez. Comment faire ? Odette rouspète, Odette tempête.
Sans gâteau, le goûter va être raté !
Le temps presse. Odette a une idée.
Elle va cuisiner à l'odeur, grâce à son petit bout de nez.
Cric, crac, elle casse les œufs.
« Hum, se dit-elle en furetant dans le placard, voici le sucre et puis le sel…
Miam, une farandole de fruits confits, c'est toute l'Italie. » Elle mélange le tout dans une grande jatte.
Elle ajoute lait, beurre, eau…

Son petit bout de nez couvert de farine, Odette retient un atchoum et dit : « Voilà ce qu'il manquait ! » Deux gouttes de vanille pour parfaire la recette : Odette est satisfaite. Elle donne un bon coup de cuillère, verse le tout dans un moule, décore le gâteau d'une belle couche de pâte d'amandes et... hop ! au four ! Odette se presse et dresse une belle table de fête. Dring ! La sonnette de la galerie retentit. Hubert le lièvre, Jasmine la fouine, Marinette la belette, tous ses amis sont là. À peine arrivés, ils se regardent étonnés. Sans ses lunettes, Odette s'est trompée. Elle a servi le pain d'épices sur une assiette ébréchée et présenté les sablés et les truffes dans la gamelle du chien ! Les amis retiennent un fou rire. Mais voilà qu'Odette apporte un fabuleux gâteau encore fumant.

Elle glisse un couteau dedans.
Mais crac, la lame bute contre quelque chose de dur. « Je n'ai pourtant pas mis de noisettes ! » dit Odette. Hubert lui vient en aide. Il a beau insister, le gâteau lui résiste. Marinette propose : « Si on regardait à l'intérieur ? » Elle glisse ses petits doigts potelés dans le gâteau et en sort une paire de lunettes pleines de miettes.
« Bravo, Odette, ton gâteau aux lunettes est vraiment très bon, dit-elle en se léchant les doigts. Mais pour voir, tes lunettes seront mieux perchées sur le bout de ton petit nez ! »
Les amis partent dans un grand éclat de rire.
Cette année, le goûter de Noël est vraiment très réussi !

La poudre magique de Noël

Pendant sa tournée, le père Noël a toujours dans sa poche un peu de poudre de Noël.
Il en saupoudre sa hotte, pour qu'elle puisse contenir tous les jouets des enfants. Il en saupoudre les cheminées, pour qu'elles s'élargissent et le laissent passer. Il en saupoudre même le sapin, qui l'accueille alors avec joie et l'aide à disposer les cadeaux.
C'est une poudre magique qui lui rend de grands services.
Pourtant, une fois, elle lui joua un drôle de tour !

Le père Noël avait déposé les cadeaux dans le salon de la dernière maison et il lui restait un peu de poudre dans le creux de la main à souffler sur la cheminée.

Comme il était bien enrhumé, il avait hâte de rentrer chez lui pour se mettre au lit et se reposer.

Mais « atchoum » ! Il éternua et la poudre se dispersa sur les cadeaux.

« Par les bois de mes rennes ! » s'écria le père Noël catastrophé, car déjà tous les jouets s'éveillaient.

Ils sortaient des paquets-cadeaux et se mettaient à jouer.

Les poupées défaisaient les rubans pour se les emmêler dans les cheveux et les petits soldats montaient à l'assaut de la commode.

L'avion de bois faisait tourner ses hélices, prêt à décoller, et le cheval à bascule trottait sur le tapis.

Le père Noël était débordé : dès qu'il rangeait un jouet, un autre passait derrière son dos pour le libérer de sa boîte.

Des gares s'étaient installées dans toute la maison et le train électrique ronronnait sur ses rails.

Les jouets riaient et s'amusaient comme des petits fous.

« Cela suffit ! s'écria le père Noël. Retournez dans vos boîtes. Les enfants vont bientôt se réveiller. Soyez sages maintenant. »

Le père Noël avait beau tempêter, les jouets ne l'écoutaient pas et, aussitôt, ils recommençaient à se disperser et à jouer.

Le père Noël poursuivit les jouets pour les empêcher de faire des bêtises jusqu'au petit matin.

L'effet de la poudre se dissipa enfin et, au premier rayon du jour, les jouets retombèrent, inanimés.

Le père Noël se dépêcha de refaire les paquets-cadeaux. Il finissait le nœud du dernier ruban lorsqu'il entendit les enfants arriver.

Il s'engouffra dans la cheminée, mais eut bien du mal à grimper. Sans poudre, elle était très étroite.

Heureusement, les enfants étaient tellement pressés d'ouvrir leurs cadeaux qu'aucun ne fit attention aux nœuds pas très bien faits et aux petits nuages de suie qui tombaient de la cheminée.

Vraiment, Noël n'est pas une période de tout repos pour le père Noël !

Les jouets amoureux

Dans l'atelier du père Noël, Toto le robot regarde depuis des mois, avec des yeux pleins d'amour, la belle poupée Poupette, assise sur l'étagère en face de lui.

Mais, comme il est très timide, sous son écorce de fer, il n'ose pas lui déclarer sa flamme. De son côté, la jolie Poupette est elle aussi secrètement amoureuse du robot qu'elle trouve très séduisant et très chevaleresque, sous son armure de fer. Mais pas plus que lui, elle n'ose faire le premier pas. Ils se regardent souvent et, quand leurs yeux se rencontrent, ils rougissent tous deux comme des habits de père Noël.

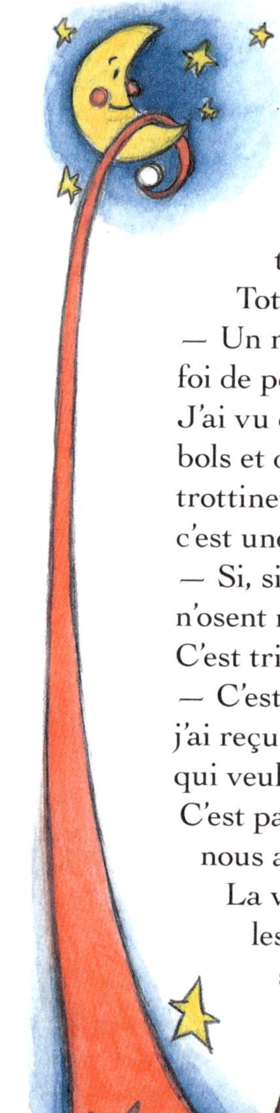

Un lutin remarque un jour leur petit manège et s'en va trouver le père Noël : « Père Noël, vous savez quoi ? Toto et Poupette sont amoureux !

— Un robot et une poupée, je n'ai jamais vu ça, foi de père Noël.

J'ai vu des wagons et des locomotives amoureux, des bols et des tasses de dînette amoureux, des vélos et des trottinettes amoureux, mais un robot et une poupée, c'est une grande première dans l'atelier du père Noël !

— Si, si, je vous assure, ils se dévorent des yeux, mais n'osent rien se dire, car ils sont tous deux très timides. C'est triste ! Il faudrait les aider, qu'en pensez-vous ?

— C'est une excellente idée, et j'ai même un plan : j'ai reçu la liste de Noël, d'un frère et d'une sœur qui veulent l'un un robot, l'autre une poupée. C'est parfait pour nos deux tourtereaux : nous allons les déposer dans la même maison ! »

La veille de Noël, les lutins préparent donc les paquets cadeaux et remplissent les gros sacs du père Noël.

« Le robot et la poupée, allez hop, dans le même sac, direction la Normandie ! »

Pendant le trajet sur le traîneau à travers les nuages, Poupette a un peu peur, car il fait tout noir dans la hotte et elle a un peu froid.

« Ne vous inquiétez pas, belle poupée, le voyage n'est pas très long et je suis là pour vous protéger », lui murmure Toto pour la rassurer.

Et Poupette se sent d'un coup beaucoup mieux. Son vaillant chevalier est à ses côtés !

Le matin de Noël, les enfants ouvrent leurs cadeaux en sautant de joie :

« Oh ! une belle poupée ! » crie la petite fille.

« Oh ! un super-robot ! » s'exclame le petit garçon.

Et quand ils vont prendre leur petit-déjeuner, Toto se rapproche de Poupette et ose enfin lui parler : « C'est merveilleux, nous voilà ensemble pour toujours dans une charmante maison. Désormais, rien ne pourra jamais nous séparer. »

Et Poupette et Toto vécurent heureux dans leur petite maison en Normandie.

Table

des matières

SANTONS

Achevé d'imprimer en juin 2020
par Canale en Roumanie
N° d'édition : J20254
Dépôt légal : octobre 2020
Ce livre a été imprimé sur du papier issu de forêts exploitées en gestion durable
et avec des encres végétales respectueuses de l'environnement.

PEFC
PEFC/46-31-13
Certifié PEFC
Ce produit est issu de forêts gérées durablement et de sources contrôlées
www.pefc-france.org

Encres végétales